Mario Benedetti
Auf den Feldern der Zeit
rotpunktverlag

Mario Benedetti

Auf den Feldern der Zeit

Aus dem uruguayischen Spanisch
von Lutz Kliche

rotpunktverlag

Copyright der Originalausgabe by Mario Benedetti, 1984.
Titel der Originalausgabe: »Geografías«.
Erschienen bei »Ediciones Alfaguara S. A.«, Madrid 1984.
Das Titelbild (»Heisser Herbst«), stammt von Akbar Behkalam,
mit freundlicher Genehmigung des Ararat Verlages, Berlin (West).
Die Gedichte wurden von Jürg Fischer übersetzt.

CIP-Titelaufnahme der Deutschen Bibliothek

Benedetti, Mario:
Auf den Feldern der Zeit : Erzählungen / Mario Benedetti. Aus
d. uruguay. Span. übers. von Lutz Kliche u. Jürg Fischer. —
Zürich : Rotpunktverl., 1990
  (Fracción mágica ; 17)
  Einheitssacht.: Geografías < dt. >
  ISBN 3-85869-052-X
NE: GT

Februar 1990, erste Auflage, Copyright der deutschsprachigen Ausgabe bei rpv
— Alle Rechte der Verbreitung, auch durch Film, Funk und Fernsehen, fotomechanische Wiedergabe, Tonträger jeder Art und auszugsweisen Nachdruck, bedarf zuvor der Genehmigung des Verlages — Satz rpv (H.Sch., Geri Balsiger)/
OptiPage-FVA; Druck und Bindung: Fuldaer Verlagsanstalt, Fulda; Lektorat:
Jürg Fischer, Andreas Simmen; Korrekturen: Marianne Gujer, Ursula Gerber;
Titelblatt: Heinz Scheidegger; Umbruch: A.S. — Adressen: rotpunktverlag,
Postfach 397, 8026 Zürich/Schweiz, Telefon 01/241 84 34; Auslieferungen:
Schweiz: AVA (buch 2000), Postfach 89, 8910 Affoltern a.A.; *BRD:* Prolit,
Postfach 111008, 6300 Giessen 11; *Berlin:* Rotation, Mehringdamm 51, 1000 Berlin 61; *Österreich:* Karl Winter, Liebiggasse 3, 1010 Wien
ISBN 3-85869-052-x
Bitte verlangen Sie unser Gesamtprogramm

Für Liber Seregni
 im allgemeinen
 und im besonderen

*Aber es kam der Friede. Und er war eine Olive
von unermesslichem Lebenssaft über dem Feld.*

Rafael Alberti

Du wirst aufblühen, wenn alles aufblüht.

Jaime Sabines

Inhalt

Erosionen

    Das sagen sie   13
    Stadt - Land - Fluss   14

Das Ende der Welt

    Weh, der Traum   25
    In Schutt und Asche   26

Meridiane

    Heimat ist Menschsein   35
    Wie Greenwich   37

Küstenstriche

    Das Schweigen des Meeres   53
    Grün und ohne Paula   54

Regionen

    Die Fünf   63
    Aus reiner Zerstreutheit   64

Enklave

    Zeremonien   69
    Der Schutzengel   71

Wanderungen

    Seltsamer Landstrich   83
    Ballade   85

Humus

Finte ... 99
Jules und Jim ... 100

Moore

Die Verschwundenen ... 115
Zweihunderttausend Unterschriften ... 117

Nadir

Ohne Erde ohne Himmel ... 131
Fabel mit Papst ... 132

Gletscher

Du wirst es nicht umsonst tun ... 139
In Überlingen zu Papier gebracht ... 140

Atmosphäre

Flughöhe 350 ... 151
Im Himmelreich ... 152

Wassergraben

Ich möchte glauben, dass ich zurückkehre ... 165
Es war kein Tau ... 167

Stationen

Die gute Finsternis ... 175
Auf den Feldern der Zeit ... 176

Erosionen

Das sagen sie

Das sagen sie
dass sich im Lauf von zehn Jahren
alles verändert hat
dort

sie sagen
dass es auf der Avenida keine Bäume mehr hat
und ich habe keine Veranlassung dies zu bezweifeln
aber bin ich vielleicht ohne Bäume
und ohne Erinnerung an jene Bäume
die es wie sie sagen
nicht mehr gibt?

Stadt - Land - Fluss

Diese albernen Geschichten, die man im Exil erfindet, um sich irgendwie davon zu überzeugen, dass man nicht seine Landschaften, seine Leute, seinen Himmel, sein Land verliert. Stadt - Land -Fluss-Spielereien. Wenigstens einmal in der Woche trafen wir uns im Café Cluny, Bernardo und ich, um uns — er mit einem Beaujolais vor sich, ich mit einem Alsace — unserem leidigen Geografiespiel zu widmen. Ein einfaches und eher ein bisschen langweiliges Spiel, das sich nur aus dem Überdruss erklären lässt. Doch der Überdruss ist, verdammt nochmal, einfach da. Ich bin überdrüssig, also bin ich. Und daher hat das Spiel auch einen Reiz. Es geht so: Einer von beiden fragt nach einem Detail (nichts Privates, sondern allgemein Bekanntes) aus dem so unendlich weit entfernten Montevideo: ein Gebäude, ein Theater, ein Baum, ein Vogel, eine Schauspielerin, ein Café, ein verbannter Politiker, ein General a. D., eine Bäckerei, egal was. Und der andere muss dann dieses Detail beschreiben, muss, so gut es geht, sein Gedächtnis ausquetschen, um das Postkartenbild von vor zehn Jahren hervorzuholen, oder aber sich geschlagen geben und eingestehen, dass er sich nicht mehr erinnert, dass die entsprechende Person, das entsprechende Ding verblasst ist, sich nicht mehr im Archiv seines Kopfes befindet. Im letzteren Fall verliert er einen Punkt, immer vorausgesetzt, dass der, der die Frage stellt, die Antwort auch tatsächlich selber weiss. Und weil hart nach den Regeln gespielt wird, bleibt die Antwort offen, wenn sie den Verlierer nicht befriedigt, bis die strittige Frage mit einem Foto oder durch eines der unzähligen gelehrten Häupter geklärt werden kann, die das Viertel bevölkern, oder besser gesagt: übervölkern. Dieses Mal führt Bernardo mit zwei Punkten, der Spielstand ist also zur Zeit: Bernardo 15, Roberto 13. Immer, wenn er in Führung liegt, wird er hochnäsig und besserwisserisch, doch muss ich der Vollständigkeit halber erklären, dass er heute wegen einer besonders ausgeklügelten, geradezu unanständig kniffligen Frage führt, die irgendetwas mit einem der Vorderhufe des Pferdes beim Gaucho-Denkmal zu tun hat, und wegen einer weiteren, nicht weniger gemeinen über die Fenster im elften Stock des Salvo-Palastes, die auf die Plaza Independencia hinausgehen. Mir kommt das ein bisschen geschummelt vor, denn ich für meinen Teil stelle immer wieder normale, ehrliche und einfache Fragen, zum Beispiel, welches Café liegt (oder lag) an der Ecke Rivera-/Comercio-Strasse, oder wie viele Aufgänge hat (oder hatte) die Endstation der Buslinie 173. Man sieht schon, was das für ein Unterschied ist. Also lege ich ganz formell Protest ein, und im gleichen Augenblick, da Bernardo mir mit einem hochmütigen Grinsen antwortet, dass ich immer schon ein schlechter Verlierer gewesen sei und immer sein würde, »wie alle Schützen«, sehe ich Delia, niemand Geringeres als Delia, die geduldig das »Passez Piétons« beziehungsweise das grüne Licht an der Kreuzung des Boul Mich abwartet. Es ist jetzt acht oder neun Jahre her, dass ich sie das letzte Mal sah, und trotzdem erkenne ich sie sofort. Magerer, doch immer noch schön. Ihre Haltung strahlt die gleiche Sicherheit aus wie in jenen fernen Frühlingstagen. Damals, 1969, bevor es den Rausch unseres Kampfes gab, die wahnsinnige Repression, die Parolen an den Wänden und die unwiderrufliche Illegalität, verbrachten wir gemeinsam gute Nächte und noch bessere Siestas, sie und ich. Und da sehe ich sie nun, wie sie auf »Grün« wartet, und ich — es ist einfach stärker als meine sprichwörtliche Zurückhaltung — entkleide sie in Gedanken. Allerdings war unsere damalige Beziehung nicht nur eine körperliche. Delia ist eine wunderbare Frau, intelligent und sensibel, und mit einem Lächeln, das das Leben fröhlicher macht, nicht nur speziell das meine, das Leben allgemein. Wunderbar nicht nur im Trancezustand der Liebe, sondern auch vorher und nachher. Wenn wir damals nicht so jung gewesen wären, hätten wir vielleicht geheiratet, jedoch womit auch? Ich fing das zweite Semester des Ingenieurstudiums an und lebte von Gelegenheitsarbeiten. Sie, deren Eltern in Paysandú wohnten, war noch nicht ganz so weit wie ich, auch angehende Ingenieurin, und verdiente sich ein paar Moneten mit dem Verkauf von Kunsthandwerk auf dem Jahrmarkt von Tristán Narvaja. Und so trafen und liebten wir uns — um es mal etwas verschämt auszudrücken — zweimal in der Woche. Dann kam die harte Zeit, die unterschiedlichen militanten Aufgaben begannen uns zu trennen. Die Zeitpläne (auch der politische Kampf hat seinen Zeitplan, und was für einen strengen!) verschworen sich gegen uns. Manchmal vergingen vierzehn Tage, während derer wir uns nur in irgendeiner Versammlung sahen, und selbst dort begannen wir, nicht mehr übereinzustimmen: Mehr als einmal hob ich, im entscheidenden Moment bei einer nächtlichen Abstimmung, die Hand, während die ihre unten blieb, oder sie hob die ihre, und meine blieb in der Tasche. In jenem April, der politisch äusserst heiss war, trafen wir uns nur für eine einzige Nacht, und ohne dass wir es in jenem Augenblick gewusst hätten, war es das letzte Mal. Achtundvierzig Stunden später musste ich untertauchen, sie drei Tage danach. Erst im August, während eines hastigen Zwischenhalts in Buenos Aires, erfuhr ich, dass Delia seit Mitte Juli im Knast war. Sie sass mehr als acht Jahre. Sie verhielt sich gut, was bedeutet, dass sie ihr übel mitspielten. Aber bis zu diesem Zeitpunkt hatte ich nicht erfahren, dass es ihr gelungen war, das Land zu verlassen. Es mag verrückt klingen, doch spule ich diese Geschichte in dem kurzen Moment ab, die sie auf ihr grünes Licht wartet, und als Hintergrundgeräusch entwickelt Bernardo weiter seine unerträglichen Ausführungen über die Eigenschaften des schlechten Verlierers, die er bei mir entdeckt zu haben glaubt. Bis dieser Spezialist für Fenster eines elften Stockwerkes und Hufe von Denkmalspferden sie auch entdeckt und sagt, sieh doch mal, die Brünette, das ist doch Delia, erinnerst du dich noch an Delia. Sicher erinnere ich mich an Delia. Und wir rufen sie im Duett, wir schreien und gestikulieren, damit sie uns nicht entwischt. Genau in diesem Moment, als sie fast mit einem riesigen Schwarzen in einem roten Pullover zusammenstösst, sieht sie endlich unsere Vorstellung und schlägt beinahe der Länge nach hin. Sie legt eine Hand an die Wange, als wollte sie sagen: Das kann doch nicht wahr sein. Aber es ist wahr. Sie öffnet den Mund zu einem Schrei, der nicht heraus will, und kommt dann ins Cluny gelaufen, wobei ihre ausser Kontrolle geratene Handtasche fast einem Edelhippie den Schädel einschlägt. Und sie umarmt uns und küsst uns, und, das ist ja unglaublich, denkt doch mal, da war ich kurz davor, in die Rue des Ecoles abzubiegen, dann hätte ich euch gar nicht gesehen, es war nur, weil mir eingefallen war, dass ich »Le Monde« heute noch nicht gekauft hatte, und so kam ich zum Kiosk gegenüber, und da dachte ich dann noch daran, dass ich in La Hune ein Buch von Foucault holen wollte, und deshalb überquerte ich überhaupt nur die Strasse, um durch Saint Germain zu gehen. Langsam beruhigten wir uns alle drei. Aber hör mal, was willst du trinken. Nur ein Vittel-Menthe. Na sagt mal, worüber ihr gerade geredet habt, erzählt mir bitte, was ihr geredet habt, dies ist eine Blitzumfrage. Wir erzählen ihr von unserem Stadt - Land - Fluss. Sie ist etwas erstaunt, aber sie lacht. Ich bin dabei, ihn zu schlagen, sagt Bernardo angeberisch, die Frucht harter Arbeit. Mit allen schmutzigen Tricks, sage ich. Sie lacht ein wunderschönes Lachen. Vor drei Monaten ist sie angekommen, direkt von drüben. Sie haben sie vor einem Jahr freigelassen, doch konnte sie erst jetzt ausreisen. Ist dir ziemlich schlecht ergangen, was, sagt Bernardo mit gerunzelter Stirn und so deplaziert wie immer. Ja, sagt sie, aber ich möchte bitte nicht darüber sprechen. An dieser Stelle unterbreche ich, als Retter der Situation. Na, dann bringst du uns doch sicher neue Nachrichten, neue Bilder, neue Postkarten, wie ist das denn dort alles, was denken die Leute, na, erzähl schon. Und eine halbe Stunde lang (Bernardo bestellt noch einen Beaujolais und ich ein Alsace, zur Feier des glücklichen Wiedersehens) erzählt sie uns, dass die Menschen langsam die Angst verlieren, und dass die Opposition Schritt für Schritt an Boden gewinnt, klug und ohne Abenteuer einzugehen. Ach, aber ich glaube, ihr würdet die Stadt gar nicht wiedererkennen. Dieses Stadt - Land - Fluss, das würdet ihr alle beide verlieren. Zum Beispiel? An der Avenida Dieciocho de Julio gibt es keine Bäume mehr, wusstet ihr das schon? Aha. Plötzlich wird mir klar, dass die Bäume an der Dieciocho wichtig, fast entscheidend für mich waren. *Ich* bin es, den sie so verstümmelt haben. *Ich* habe Zweige, Arme, Blätter verloren. Unmerklich verwandelt sich unser Stadt - Land - Fluss in eine angstvolle Ermittlung. Wir beginnen mit hastigen Schritten, die Stadt wieder zu durchlaufen, unsere, meine, Bernardos. Bernardo fällt es ein, nach La Platense zu fragen. Uiii, das ist ja schon Vergangenheit, sagt Delia. Sie haben es abgerissen, da steht jetzt die Banco Real, ein modernes Gebäude, ganz hübsch, alles lauter Glas. Ich sage, dass La Platense seine Schuldigkeit in der reichen Geschichte heimatlichen Kitsches getan hat, niemals werde ich seine Schaufenster vergessen, mit jenen schreienden Bildern von ausgemergelten Alten, denen dicke Tränen herunterliefen, und von benachteiligten Kindern in einer opulent ausgemalten Armut. Delia unterbricht mich, um zu sagen, ich solle nicht ungerecht sein, in jenen Schaufenstern habe es auch Bleistifte und Zirkel und Aquarellfarben und Pinsel und Pastellfarben und Bilderrahmen und Zeichenkarton gegeben. Ja, ja, sicher. Was? Das Artigas-Kino? Aus und vorbei, meine Lieben. Das ist jetzt ein Parkplatz, ein »Parking«, wie sie heute sagen. Scheisse. Bernardo trauert einer Epoche nach, in der im Artigas gute Pornofilme liefen, was kann man von einem Typen, der die Fenster eines elften Stockwerks zählt, auch anderes an Erinnerungen erwarten. Ich hingegen denke an den Abend, als Michelini dort eine Rede hielt. Und daran, dass mein Alter erzählte, in jenem Saal habe Alicia Alonso getanzt. Brocqua & Scholberg? Kaputt. Das ist jetzt ein Büro der Meldebehörden. Und die Mallorquina? Die Gondola? Angenscheidt? Dreimal kaputt. Ausserdem, erzählt Delia, stehen überall Gerüste, nachdem Bauarbeiten abgebrochen worden sind, die Grundstücke sind voller Trümmer. Das sind die Überbleibsel des Baubooms, der nur von kurzer Dauer war, das heisst, bis zu den ständigen Abwertungen. Ach ja, der Salvo-Palast: Er wird gerade gereinigt. Hinterher soll er ganz weiss aussehen. Ich kann mir den Salvo-Palast nicht geweisselt vorstellen, ohne die hart errungene Patina der Zeit, so abstossend grau, aber auch so anrührend. Delia steht auf, um zur Toilette zu gehen, und wie er sie die Treppe hinaufgehen sieht, murmelt Bernardo, eine Klassefrau, du hattest was mit ihr, stimmt's. Alte Geschichten, sage ich. Wo einmal ein Feuer war, bleibt Glut zurück, sagt der Spezialist in Bronzehufen und lacht wiehernd. Er für sein Teil ist sicher, glaubwürdige Quelle, mein Lieber, dass man sie im Knast fertiggemacht hat, und das Mädchen hat dichtgehalten, mit der haben sie alles angestellt, aber das Mädchen hat dichtgehalten. Ich frage ihn, ob er nicht gehört habe, dass Delia nicht darüber reden will. Also, und ich genausowenig. Entschuldige, Alter, entschuldige, aber Tatsachen sind hartnäckig, wie du-weisst-schon-wer immer sagte. Ich scheiss auf die Tatsachen und auf die, die sie verbreiten. Entschuldige, Alter, geh doch nicht gleich so hoch, ich hab doch nur gemeint. Delia ist zurückgekehrt und macht mit ihrem Lächeln das Leben wieder schön. Sie hat wirklich eine Ausstrahlung von Leichtigkeit und Optimismus, von Eleganz und Lebensfreude, als ob sie gerade einen Nachmittag uruguayischen Canastas hinter sich hätte oder von einem Mittelmeerstrand zurückkäme, und nicht von den transatlantischen Elektroschocks. Und wir reden noch ein wenig: über die Volksabstimmung, über die Krise, die Arbeitslosigkeit, über die Zeitungen, die verboten werden, weil sie es wagen zu schreiben, dass es keine Pressefreiheit gibt, über die wachsende Theaterbewegung, über die Volkssänger, darüber, wie sich das Zwischen-den-Zeilen-Lesen zur Kunst entwickelt, wie die Öffentlichkeit alles wittert, was in der Luft liegt. In diesem hellen Pariser Mai, und von diesem Tischchen, das uns alle drei lebendig und zusammen sieht, bestärkt das Smaragdgrün des Vittel-Menthe haltlose Hoffnung. Bernardo rehabilitiert sich bei mir, indem er sagt, dass er uns jetzt leider verlassen müsse, weil ihn Aurora um halb acht an der Ecke Raspail und Boissonade erwarte. Wangenküsschen für Delia, für mich eine Umarmung, und wollen doch mal sehen, ob wir uns ab jetzt nicht häufiger treffen können, gib auf jeden Fall Roberto deine Adresse, und dann verabreden wir uns, es gibt ja noch so viel zu erzählen, und ausserdem bist du die ideale Schiedsrichterin für unser Stadt - Land - Fluss, und, schon auf der Schwelle, benehmt euch anständig. Umso besser, dass er diese letzte Frotzelei nicht lassen kann, denn so kann ich Delia gleich fragen, was meinst du, wollen wir uns anständig oder unanständig benehmen. Aber Delia geht nicht darauf ein, sie antwortet nicht, und ich habe den Eindruck, dass sie über meine Schulter hinweg an mir vorbei schaut, aber nicht auf den Strom von Menschen aus aller Herren Länder, der sich durch Saint Germain ergiesst, sondern ins Unbestimmte. Und zum ersten Mal bringt mir ihr Lächeln (denn trotz allem lächelt sie ja) keine Freude. Es ist wie eine Geste des Rückzugs. Als ob sie nicht jemandem zulächle, sondern über etwas lächle. Da fasse ich den hastigen Entschluss, über das Exil zu philosophieren, ich rede darüber, um überhaupt etwas zu sagen, genauso, wie ich über die deutschen Umweltschützer oder die holländischen Heringe reden könnte. Auf jeden Fall reicht es aus, damit sie auf den Boden zurückkehrt und nicht mehr über etwas lächelt, sondern jemanden anlächelt, mich zum Beispiel. Ihre Hand liegt auf dem Tisch, leicht angespannt, aber nicht verkrampft. Das ist das einzige Zeichen dafür, dass sie sich nicht völlig wohl fühlt. Was sollte ich anderes tun, als meine eigene Hand zu ihrer hinzubewegen und sie dort ruhen zu lassen, sie einfach dort sein zu lassen. Sie sieht mich mit wiedergewonnener Aufmerksamkeit an und sagt, wie lange das her ist, was, wie lange, und wie viel passiert ist. Plötzlich ist ihr Gesicht um zehn Jahre gealtert, nicht durch Falten oder Schatten unter den Augen oder Krähenfüsse, sondern durch Niedergeschlagenheit und Trauer. Und das ist keine Traurigkeit des Augenblicks, vorläufig und vorübergehend, sondern eine andere, unheilbare Traurigkeit bis in die Knochen hinein, die in einem Rätsel wurzelt, das für sie keines ist. Fünf Minuten des Schweigens. Das wenige, was ich sage, sagt eigentlich meine Hand auf ihren Knöcheln. Ich habe Angst, dass es kein allzu guter Einfall sein könnte, und trotzdem schlage ich es vor: Meine Bude liegt nur drei Blocks von hier entfernt. Ihre positive Antwort kommt in drei Schritten: Erst kämmt sie sich ein bisschen, dann nimmt sie ihre Tasche und steht auf, um zu warten, bis ich bezahlt habe. Jetzt ist sie wieder jung. Eigentlich sind es sechseinhalb Blocks von hier. In der Rue Monsieur-Le-Prince, um genau zu sein. Wir gehen untergehakt, ohne zu sprechen, aber die Berührung lässt eine Geschichte wiedererstehen. Von Zeit zu Zeit sehe ich sie von der Seite an und stelle fest, dass ihr Blick nicht mehr in die Unendlichkeit geht, sondern dass sie im Vorbeigehen die Schaufenster und die Kleider und die Preise betrachtet, und sie macht sogar eine Bemerkung darüber, dass sie sich immer noch nicht daran gewöhnt habe, in Francs zu rechnen. Alles kommt ihr entweder wahnsinnig teuer oder viel zu billig vor, und nie liegt sie richtig. Als wir ankommen, erschrickt sie nicht darüber, dass meine Bude so bescheiden ist. Es erstaunt sie nicht, dass ich während des Jahrzehnts, das beinahe verstrichen ist, im Zustand der Unterentwicklung steckengeblieben bin. Die Dritte Welt mitten in Paris. Mein geistreicher Satz findet ihre gnädige Zustimmung. Und während sie die Jacke und das grüne Halstuch ablegt und ihre Tasche auf ein Bänkchen stellt, das schamlos ein paar Socken und ein schmutziges Hemd zur Schau trägt, betrachtet sie die Poster und ein Foto meiner Eltern. Dann beschäftigt sie sich mit den Büchern. Mit der Mathematik ist Schluss, welche Genugtuung, was? Sie hat damit auch nichts mehr zu tun. Was dann? Geschichte, Soziologie, schöne Literatur ab und zu, aber nur Gedichte. Ich meinerseits Wirtschaftswissenschaftliches, Politik, auch schöne Literatur, aber nur Romane. Aha. Zwei Stunden verbringen wir mit nebensächlichen Themen. Was wir so treiben, wovon wir leben. Ich arbeite als Nachtportier in einem kleinen Hotel in der Rue Monge. Sie macht Übersetzungen, immer noch schwarz, denn sie hat noch keine Aufenthaltserlaubnis. Und ähnliche Fragen: die Mentalität der Franzosen, der Ärger mit den Behörden, die Landsleute von zu Hause und das Ghetto, die Einsamkeit ist hier nicht die gleiche wie dort, das Heimweh als Trost. In diesen vier mal fünf Metern Raum bewegen wir uns, setzen uns hin, ich lege mich aufs Bett, sie lehnt sich gegen die Wand, wir sehen aus dem Fenster, waschen uns die Hände, ich mache Kaffee (ich besitze eine wunderbare italienische Kaffeemaschine, das Geschenk eines chilenischen Freundes, der nach Temuco zurückging), wir sehen uns Fotos an, Zeitungsausschnitte, wir streicheln uns beiläufig, wir küssen uns, aber nur aufs Haar. Und plötzlich entsteht da ein Schweigen. Ein zähes Schweigen, nach so langem, offenem Gespräch. Ich sitze auf der Bettkante und sie nahebei auf meinem einzigen Stuhl, die Ellenbogen auf meinen wackeligen, wurmstichigen Tisch gestützt. Da ziehe ich sie zu mir heran. Ganz sacht, wie jemand, der sich etwas Unabgeschlossenem zuwendet, aber nun mit mehr Gefühl, mehr Erfahrung, mehr Tiefe, mehr Lust, es wirklich werden zu lassen. Sie lässt sich umarmen, und ich würde fast sagen, dass sie mich auch umarmt, aber in dem Spiegel, der meiner täglichen Rasur dient, kann ich sehen, dass ihr Blick wieder in die Unendlichkeit geht. Ich löse mich von ihr mit all der Zärtlichkeit, die ich für sie empfinde, was eine ganze Menge ist, und nehme ihr Gesicht in meine Hände. Ich bin sehr bewegt, aber finde doch die Kraft, sie zu fragen, was los, was mit ihr los ist. Sie murmelt etwas in so leisem Ton, dass ich nicht ein einziges Wort verstehen kann. Sie nimmt meine Hand und führt sie langsam an ihren braunen Pullover, und dann zu einer ihrer Brüste unter der gekämmten Wolle. Ich weiss nicht, warum ich verstehe, dass diese Geste nicht die naheliegendste Bedeutung hat. Die Augen, die mich ansehen, sind trocken. Es kann nicht sein, es wird nicht sein, es gibt kein Zurück, verstehst du. Das ist es, was sie sagt. Es kann nicht sein, wegen dir und wegen mir. Das ist es, was sie sagt. Alle Landschaften haben sich verändert, überall stehen Gerüste, überall liegen Trümmer. Das ist es, was sie sagt. Meine Landschaft, Roberto. Meine Landschaft hat sich auch verändert. Das ist es, was sie sagt.

Das Ende der Welt

Weh, der Traum

Weh der Traum
überlebe ich löscht er mich aus
macht misstrauisch unaufhörlich
und so viele Male versinke ich und träume
den Schenkel an deinem Schenkel
den Mund an deinem Mund
nie werde ich wissen wer du bist

Jetzt da ich schlaflos bin
wie ein Heiliger
und verweile
möchte ich während der Siesta sterben
den Schenkel an deinem Schenkel
den Mund an deinem Mund
um zu erfahren wer du bist

Weh der Traum
mit diesem bisschen Seele im Akkord
im Schwimmen zärtlich träumen
so rufen sie mich ich verweile
den Schenkel an deinem Schenkel
den Mund an deinem Mund
ich will in dir bleiben

In Schutt und Asche

> ... *oh schlafend in Schutt und Asche zerfallen.*
> Pablo Neruda

Schon zum dritten Mal träumt er von dem langen, polierten Tisch und den zehn, zwölf Gesichtern, die ihm gegenübersitzen, einige fragend, andere feindselig, und wieder andere mit gleichgültigem, leerem Blick. Der Traum ist sprunghaft, schwankt hin und her, und manchmal kommen neue Eindrücke und Bilder, so als wolle seine Erinnerung sie im Traum festhalten, um sie wieder lebendig zu machen, wenn er wach ist. Merkwürdigerweise spürt er dunkel, dass er träumt, doch will er trotzdem nicht aufwachen. Die Gebärden von Olmos, der da hinten mit seiner protzigen Mappe aus geprägtem Leder und einem Stapel Akten zu seiner Rechten sitzt, drücken weder Verständnis noch Nachsicht aus, sondern unerbittliches Urteil. Er nimmt jeden Aktenordner in die Hand, öffnet ihn und schiesst sofort seine bohrenden Fragen von einem Ende des Tisches zum anderen herüber auf ihn ab, und das hier, was ist damit, und dies da, was ist damit, na, naaaa? Und jedesmal, wenn er zu antworten beginnen will, stoppt ihn der Chor der anderen Direktoren, nicht offen, sondern indirekt, indem sie Buchhaltungsposten herunterleiern: ausstehende Zahlungseingänge, Bilanzergebnisse, laufende Zahlungsverpflichtungen, Monatsabschlüsse. Und da legt sich plötzlich, flash-artig, das Gesicht von Clara darüber, und er beginnt, ausschliesslich für sie, seine Gründe zu erläutern, doch hebt der Chor der Direktoren die Stimme und verhindert mit den ausstehenden Zahlungseingängen, Absatzerwartungen und laufenden Zahlungsverpflichtungen, dass er Claras Antwort genau hören kann, und nur bruchstückhaft wird ihm deutlich, dass sie ihm zu sagen versucht, ich liebe dich, so wie du bist, ich liebe dich mit allen deinen Eigenschaften, ich liebe dich als Mann mit Prinzipien, ich liebe dich so wie du bist. Ihm ist klar, dass er, will er genau so sein, eine Art und Weise, ein System finden muss, um seine Gründe zu erklären, genügend Raum, um überzeugend darzulegen, wie und warum er auf die Hoffnung setzt,das ist es, die Hoffnung, ein Wort, das mehrdeutig genug ist, denn es enthält Spuren von Jesus und Marx, von Fernsehschnulze und Akademie der Wissenschaften, ein Wort, das mehrdeutig genug ist, um diese Betonklötze weich werden oder zumindest an der Unfehlbarkeit ihrer verkalkten Hirne zweifeln zu lassen. Doch gibt es diesen Raum nicht, und erst, als Olmos eine herrische Geste macht, verstimmt der Chor der anderen, doch kommt er auch jetzt nicht zum Reden, denn hier gibt Olmos den Ton an, Olmos, der mit schneidender Stimme, die den Zigarettenrauch teilt, um ihn wie eine Ohrfeige zu erreichen, zum ersten Mal den Satz ausspricht, der schon jetzt wie ein künftiger Kehrreim klingt. Auf einem Müllhaufen werden Sie enden, auf einem Müllhaufen, und indem er den Ton ändert, ohne die Stimme zu senken, fordert er ihn auf, seine unglaubliche Grosszügigkeit mit fremdem Eigentum zu erklären, denn so ist es ja einfach, bei seinen Untergebenen Unterstützung zu bekommen, wer will das bezweifeln, und der Chor klatscht Beifall und spricht schön langsam, Silbe für Silbe Zu-strei-chen-de-Schul-den, und Olmos unterbricht diese einmütige, launige Unterstützung ganz einfach dadurch, dass er seine buschigen, schwarzen Augenbrauen leicht hebt, und er hat es nie vermocht, sich nie erklären können, wie Olmos es schaffte, die Augenbrauen zu heben, ohne die Stirn in Falten zu legen, unzählige Male hat er es vor dem Spiegel geübt, und nie hat er es geschafft, und seine lächerlichen Versuche haben allenfalls Clara ausgiebig zum Lachen gebracht, die erst dann ernst wird, als sie ihm durch den Nebelschleier sagt, ich will dich, so wie du bist. Olmos dagegen, das ist offensichtlich, will ihn nicht so, wie er ist. Olmos will ihn als unterwürfigen Schleimer, als winselnden Arschkriecher, der erträgt es tatsächlich nicht, dass er ausserhalb des Chores steht, welcher nun im Bau befindliche Immobilien, Umbuchungen, und unmittelbar darauf Bilanzergebnisse sagt, letzteres mit einem

Crescendo der versammelten Stimmen, wie wenn bei der Nationalhymnne die Stelle »Tyrannen, erzittert« kommt. An irgendeinem Punkt des Traums taucht immer der kleine Suárez auf und serviert Kaffee, und dann kehrt tatsächlich ein diskretes Schweigen ein, damit das Personal nicht merkt, dass es Krach gibt in den oberen Etagen, ein Schweigen so wie jetzt, denn tatsächlich kommt der Kleine mit seinem Tablett und stellt ein Tässchen vor die Konferenzteilnehmer, und vor Olmos stellt er zusätzlich noch ein Glas Mineralwasser mit zwei Stückchen Eis darin, doch vor ihn selbst stellt er gar nichts, und er hat auch nicht erwartet, dass er etwas bekäme, doch hat der Kleine keine Schuld daran, der führt nur seine Anweisungen aus und flüstert, als er mit dem leeren Tablett an ihm vorbeikommt, tut mir leid, ich hätte Ihnen gern auch ein Tässchen gebracht, aber Sie müssen verstehen, ich kann nicht einfach so mein Einkommen riskieren, ich habe eine Frau und drei Kinder und dazu noch eine kranke Schwiegermutter, eine arme alte Frau, die man, wie der Buchhalter Ferlosio immer sagt, unter Bilanzverluste buchen müsste. Angesichts dieser geflüsterten, aber doch hörbaren Unterbrechung fühlen sich die anderen indirekt angesprochen und hören auf, geräuschvoll den dampfenden Kaffee zu schlürfen, um, während sie sich fast verschlucken, wieder mit ihrer Leier von Baugrundstücken, Kassenbüchern und Bankgeschäften, Gehältern und Tagesjournalen anzufangen. Natürlich müssen sie irgendwann einmal trinken, und diesen Augenblick nutzt er, der vor seiner Krawatte weder Kaffee noch ein Glas mit Eisstückchen, sondern nur die polierte Tischplatte hat, um deutlich zu machen — in aller Eile natürlich, denn die anderen werden nicht lange zum Trinken brauchen —, dass sein Handeln für das Unternehmen, oder besser gesagt, die Originalität seines Handelns, in keiner Weise einen direkten Verlust für die Firma, sondern vielmehr eine Investition für die Zukunft bedeutet, und dass sowohl in den entwickelten als auch in den unterentwickelten Ländern diese Vorgehensweise eine glorreiche Tradition habe, was auch dadurch bewiesen wird, Quatsch, es wird gar nichts bewiesen, fährt Olmos unter heftigem Niesen dazwischen, mit diesem Beweis wische ich mir den Hintern ab, machen Sie sich das klar, und kommen Sie mir vor allem nicht mit diesem abscheulichen akademischen Vokabular. Der Chor klatscht tosenden Beifall, und nun beginnt er doch die Möglichkeit des Aufwachens in Betracht zu ziehen, doch genau in diesem Augenblick kommt wieder der flash mit dem Gesicht von Clara, das immer süsser, verführerischer und auch fordernder aussieht, und das jetzt beim Sprechen die Lippen noch deutlicher bewegt, damit er, über den tosenden Chor der Monatsabschlüsse hinweg, erraten kann, dass sie ihm sagen will, sie liebe ihn, so wie er ist. Gewiss, er will sie und sich selbst ja auch so, wie sie und wie er ist, doch ist die Frage aller Fragen, wie und auf welche Weise, und in diesem Moment löst sich der flash im Tabakqualm auf, und es erscheint wieder die erdrückende Gestalt von Olmos, dessen Zeigefinger nun schon nicht mehr droht, sondern löchert, bohrt, sticht, und der mit sich überschlagender Stimme schreit, ob er wisse, wo er sein Scheissleben beenden werde, mein lieber Freund, auf dem Müllhaufen werden Sie enden, aber machen Sie sich bloss keine falschen Hoffnungen, nicht etwa auf dem Müllhaufen der Geschichte, sondern auf einem richtigen Müllhaufen, mit all der echten Scheisse des wirklichen Montevideo. Die Anspielung auf den Müllhaufen der Geschichte erscheint ihm eher überflüssig, denn, obwohl er träumt, weiss er doch, dass er keine Ideologie hat, dass er so eben eine Ahnung davon hat, was Gerechtigkeit bedeutet, und obwohl er träumt, begreift er, dass das zu überhaupt nichts taugt, und dass er in bestimmter Hinsicht schon verurteilt ist, denn auch wenn in seiner Seele Regionen von Stärke und von Würde lebendig geblieben sind, und neben ihnen solche des Starrsinns und der Eigenliebe, so sind da doch auch andere voller Unsicherheit, Angst und ohne das kleinste bisschen Wagemut. Und obwohl er träumt, versucht er, mit gespenstisch hoher Stimme, wenigstens ein einziges Mal seine berühmte Theorie über die möglichst effektive und langfristige Nutzung der besten Eigenschaften und Motivationen des Arbeiters und der Arbeiterin zu entwickeln, vorausgesetzt, diese haben das Gefühl, sie werden wie menschliche Wesen behandelt und nicht wie leblose Werkzeuge. Und obwohl er träumt, bemerkt er, dass jetzt die Hände einer Frau auf den Schultern von Olmos ruhen, dort hinten, ganz am anderen Ende der polierten Tischplatte, doch kann er, wegen der Dunstschwaden und der Schatten, das Gesicht, zu dem die Hände gehören, nicht ausmachen, auch wenn er an einem der Handgelenke ein Armband von Clara zu erkennen beginnt, und obwohl er träumt, ist er der Ansicht, dass dies kein ausreichender oder schlüssiger Beweis ist, denn Olmos hat Clara das Armband ja wegnehmen können, oder auch genau das Gleiche kaufen, sie werden ja, und gar nicht so teuer, in jedem Juwelierladen der Avenida Dieciocho angeboten, und so müssen die Hände nicht unbedingt zu Clara gehören, die jetzt den verschwitzten Schweinenacken von Olmos liebkosen, und er weiss, dass es von diesem Augenblick an keine flashes mehr geben wird, in denen Clara deutlich ihre so küssenswerten und so oft geküssten Lippen bewegen wird, damit er begreift, dass sie ihn so liebt, wie er ist, ihn vielleicht so lieben würde, heisst das. Dieser flash kommt also nicht mehr, dagegen gibt es, unerwartet, zwei andere. Der erste ist ein langer und zugleich rasend schnell vorbeigehender Augenblick, in dem er mit Olmos allein ist und sich beinahe fähig fühlt, ihn zu hassen, es dann aber doch nicht schafft, denn auch er hat tief in sich drinnen ein Stück Olmos, was ihn seit jeher daran gehindert hat, sich zu entschliessen, sich über Worte und Regeln hinwegzusetzen und die Dinge beim Schopf zu packen, sich auch nur am letzten Wagen des Zuges festzuhalten. In diesem ersten Augenblick, in dem er mit Olmos allein ist, brüllt der ihn nicht an, sondern sagt ihm leise ins Ohr, so, als vertraue er ihm das Geheimnis einer Steuerhinterziehung an, auf den Müllhaufen, ja, auf den Müllhaufen, mein lieber, dummer Freund. Im zweiten flash gelingt es ihm nicht, die Hände und Arme von jemandem zu erkennen, der Clara sein könnte oder auch nicht, die den wulstigen Hals von Olmos umschlingt, hingegen erscheint, vor dem Vorhang aus Qualm und ohne sichtbare Verbindung mit den Händen, unzweifelhaft Claras Gesicht, obwohl sie dieses Mal nichts sagt, sondern nur den Kopf von der einen zur anderen Seite bewegt, als verweigere sie sich etwas oder jemandem, und obwohl er träumt, bemerkt er, wie ihr rotes Haar erst zur einen und dann zur anderen Seite schwingt, und obwohl er träumt, bekommt er Lust, seine Hände in dieses offene, verlockende Haar zu vergraben, in dieses Haar, das so weit weg ist. Doch jetzt sind da wieder die Arme, wieder taucht das Armband auf, und von neuem setzt der Chor der Direktoren ein mit seinem Ausstehende Zahlungseingänge, ausstehende Zahlungseingänge, ausstehende Zahlungseingänge, als sei die Nadel in der Rille einer Langspielplatte mit gregorianischen Buchhaltungsposten steckengeblieben. Dieses Mal ist ihm die Wiederholung unerträglich, und erst jetzt, einsam und allein an einem Ende des langen, polierten Tisches, begreift er, dass er von diesem Traum nichts mehr zu erwarten hat, und dass ihm nur noch übrig bleibt, aufzuwachen. Und er wacht auf. Langsam rappelt er sich auf und streckt seine langen Beine aus, so weit er kann. Es überrascht ihn nicht, seine zerrissenen Hosen zu sehen, seine Hände mit den schwarzgeränderten Fingernägeln, seine Schuhe mit den sich lösenden Sohlen. Er setzt sich auf in seiner mit alten Zeitungen gepolsterten Lagerstatt, zieht aus der Tasche eine Flasche mit einer blauen Flüssigkeit, fährt mit der Hand über ihren Hals und nimmt einen tiefen Schluck. Er trägt einen schmuddeligen Mantel, der einmal teuer gewesen sein muss, und aus dessen Tasche er jetzt ein Stück Weissbrot hervorholt. Er steht auf und geht einen verwahrlosten Pfad zwischen zerbrochenen Flaschenscherben, leeren Blechdosen und Asche entlang, bis er zu einer halbgekippten Tonne kommt, aus der Abfall quillt. Darin stochert er ein wenig herum, hebt ein paar Reste auf und wirft sie wieder fort, bis er ein angebissenes Stückchen von etwas findet, was vielleicht einmal Käse gewesen sein mag. Er riecht erst daran, dann fährt er mit den Fingerknöcheln statt mit der Handfläche darüber, um es vom Schmutz zu säubern. Schliesslich legt er es auf sein Stück Weissbrot und beginnt zu essen, wobei er jeden Bissen sorgfältig kaut. Er steht auf einer kleinen Anhöhe, von der aus er den Rest der Müllhalde überschauen kann. Doch sieht er sie ohne richtig hinzusehen, so als sei er zerstreut und dächte an ganz etwas anderes, zum Beispiel daran, dass man die Hoffnung nicht aufgeben darf, und dass das Wichtigste ist, dass er noch den ganzen Tag vor sich hat, um sich Argumente zu überlegen, mit denen er im kommenden Traum Olmos entgegentreten kann.

Meridiane

Heimat ist Menschsein

Heimat ist Menschsein.
José Martí

Der Apfel ist ein Apfelbaum
und der Apfelbaum ist ein Kirchenfenster
das Kirchenfenster ist eine Täuschung
und die Täuschung eine Hoffnung
Hoffnung sät Zukunft
und die Zukunft ist ein Magnet
der Magnet ist eine Heimat
Heimat ist Menschsein

Der Schmerz ist eine Probe
des Todes der kommen wird
und der Tod ist der Anlass
zum Geborenwerden und zum Weitermachen
und Geborenwerden ist eine Abkürzung
die zum Zufall führt
Zufälle sind meine Heimat
Heimat ist Menschsein

Meine Erinnerung sind deine Augen
und deine Augen sind mein Friede
mein Friede ist der Friede der anderen
und ich weiss nicht ob sie ihn wollen
diese anderen und wir
und die anderen vielen andern
alle sind wir eine Heimat
Heimat ist Menschsein

Ein Tisch ist ein Haus
und das Haus ist ein Fenster
und die Fenster haben Wolken
aber nur auf dem Glas
das Glas verdeckt den Himmel
wenn der Himmel wahrhaftig ist
die Wahrheit ist eine Heimat
Heimat ist Menschsein

Ich mit meinen Händen aus Knochen
du mit deinem Leib aus Brot
ich mit meinem Anflug von Ruhm
du mit deiner fruchtbaren Erde
du mit deinen nördlichen Brüsten
ich mit meiner südlichen Zärtlichkeit
erfinden wir eine Heimat
Heimat ist Menschsein

Wie Greenwich

»Sie sind nicht aus Mallorca, stimmt's«, sagt das junge Mädchen vom Tisch nebenan.
»Wie bitte? Was?«, fährt Quiñones auf und verschluckt sich fast an seinem trockenen Sherry.
»Hab' ich sie erschreckt?« Das Mädchen klingt nicht spöttisch, eher amüsiert.
»Sie haben mich überrascht, ich gebe es zu. Hier in Palma kennt mich niemand. Ich bin auf der Durchreise.«
»Und sind somit nicht aus Mallorca. Und auch nicht aus Spanien.«
»Kürzen wir das Verhör ab. Ich bin Argentinier.«
»Das habe ich mir gedacht.«
»Wieso?« Quiñones sieht sich die Göre genauer an, sie trägt dunkle Hosen und eine weisse Bluse, ist noch wenig entwickelt, hat aber offensichtlich Zukunft.
»Ich weiss nicht. Das Nadelstreifenmuster der Hose, die Art, das Streichholz zu entzünden, die Art,wie sie den Frauen nachsehen.«
»Immerhin ein Fortschritt. Sonst kannte man uns immer daran, wie wir die Worte Regen, Strasse, Weinen aussprachen.«
»Ich schätze Sie auf dreiundvierzig.«
»Einundvierzig.«
»Ziehen Sie manchmal ein paar Jahre ab?«
Die Dreistigkeiten der Kleinen sind irgendwie originell. Quiñones findet sie unterhaltsam.
»Ich komme aus Uruguay. Ich bin vierzehn.«
»Na prima.«
»Interessiert Sie das nicht?«
»Warum nicht? Nur ist es in diesen Jahren nicht mehr etwas so Besonderes, in Europa Leute vom Rio de la Plata zu treffen.«

»Ich heisse Susana. Und Sie?«
»Quiñones.«
Susana hat sich eine Limonade bestellt, aber noch nicht davon getrunken.
»Ihre Limonade wird warm. Vergessen Sie nicht, dass August ist.«
»Ich mag keine kalten Getränke.«
Sie umschliesst das Glas mit der Hand, um die Temperatur zu ergründen, entschliesst sich aber auch jetzt noch nicht.
»Gefallen Ihnen die vielen Schwedinnen und Holländerinnen und Deutschen, die hier über den Borne defilieren, und denen Sie so fasziniert nachschauen?«
»Kommt drauf an. Es gibt Holländerinnen und Holländerinnen.«
»Welche finden Sie attraktiver? Die mit den kleinen Brüsten oder die mit Zellulitis?«
Quiñones betrachtete sie neugierig.
»Wo hast du denn diesen Wortschatz her?«
»Aha, wir duzen uns, na prima.«
»Ja, sicher.«
»Nun, ich bin ja schliesslich keine Analphabetin.«
»Ich würde eher sagen, dass du für deine vierzehn Jahre etwas zu sehr alphabetisiert bist.«
Susana schweigt, wobei sie ihre dünnen Arme betrachtet, so, als untersuche sie ihre Haut Pore für Pore.
»Immer, wenn ich viel in der Sonne bin, bekomme ich Sommersprossen.«
»Ich auch«, stimmt Quiñones zu, um etwas zu sagen.
»Das Duo ›Die Sommersprossen‹. Kannst du singen?«
»So falsch wie ein tauber Hahn. Und du?«
»So falsch wie nur irgendeine Geige.«
»Man soll nie verallgemeinern. Es gibt auch andere Geigen.«
»Alle klingen falsch. Da weiss ich Bescheid. Mein Onkel war Geiger und fiedelte von früh bis spät. Aus unserem Duo wird also nichts.«
»Warum sagst du, er *war* Geiger? Ist er es denn nicht mehr?«
»Er ist jetzt Schreiner. Und spielt falsch auf der Säge. So ist es im Exil halt.«
»Aha, du bist exiliert.«

»Na klar.«
»Wieso na klar? Es gibt Uruguayer und Argentinier, die nicht exiliert sind.«
»Mindestens die Hälfte sind es aber.«
»Und die andere Hälfte?«
»Sind die Kinder der Exilierten. Ich gehöre zum Beispiel zur zweiten Hälfte. Und du?«
»Zur ersten.«
»Wie lange ist es her, dass du aus Buenos Aires fort bist?«
»Aus Tucumán. Das Land besteht nicht nur aus Buenos Aires.«
»Na gut.«
»Vier Jahre.«
»Und was machst du in Palma?«
»Dieses Mal nur Urlaub. Aber normalerweise verkaufe ich. Ich verkaufe Werbung. In ganz Spanien.«
»Interessant. Ich lebe in Deutschland.«
»Und wie geht's dir da?«
»Gut. Ist halt voller Deutscher.«
Quiñones lächelt und nimmt einen Schluck Sherry.
»Sag mal: Warum hast du mich angesprochen?«
»Weiss nicht. Vielleicht, weil ich dich nicht kenne.«
»Nur aus Lust, mit jemandem zu reden?«
»Nicht direkt. Um ehrlich zu sein, muss ich jemandem erzählen, dass ich mich umbringen will. Das ist zuviel, um es für mich zu behalten.«
Plötzlich ist das Mädchen ernst geworden. Quiñones schluckt noch einmal, diesmal aber nur seine eigene Spucke.
»Bist du allein in Palma?«
»Nein. Mit meinem alten Herrn«.
»Immerhin.«
»Und mit einer Freundin meines alten Herrn. Sie kommen mich gleich abholen.«
»Und deine Mutter?«
»Ist in Deutschland. Sie sind schon eine ganze Weile nicht mehr zusammen. Sie hat auch einen Freund, einen Compañero, was weiss ich.«
»Willst du dich deswegen umbringen?«
»Du hast es also geglaubt?«

»War es denn ein Scherz?«
»Überhaupt nicht. Aber ich dachte, dass es mir niemand glauben würde. Nein, deswegen nicht.«
Er sieht zum Strom der Touristen hinüber. Normalerweise sitzt er hier, an einem der Tische vor dem Café Miami, mindestens so lange, bis er den Lieferwagen mit den Zeitungen aus Madrid kommen sieht. Dann geht er zum Kiosk hinüber und kauft zwei Tageszeitungen und irgendeine Zeitschrift, um den Kontakt zur Aussenwelt nicht zu verlieren.
»Willst du mir mehr erzählen?«
»Kann schon sein. Du scheinst in Ordnung zu sein, trotz dieses entsetzlichen Namens, Quiñones.«
»Gefällt er dir nicht?«
»Offen gestanden finde ich ihn eklig. Natürlich ist der Name nicht das Wichtigste. Bist du in Ordnung oder nicht?«
»Ich glaube, ja.«
»Dann bist du es auch. Wenn du es nicht wärst, hättest du gesagt, du wärst sicher.«
»Du weisst Bescheid, was?«
»Na klar. Man muss sich kümmern.«
Der Kellner kommt mit einem leeren Tablett vorbei, was Quiñones dazu nutzt, einen zweiten Sherry zu bestellen.
»Der hält mich sicher für einen Verführer von Minderjährigen.«
»Oder mich für eine Erwachsenenverführerin.«
»Das gibt's ja auch wirklich.«
»Sicher. Warst du im Knast?«
Wieder fährt er zusammen. Um sich nichts anmerken zu lassen, nimmt er die Brille ab und beginnt, sie mit seinem schmutzigen Taschentuch zu putzen.
»Drei Jahre.«
»Bist du allein in Spanien?«
»Allein.«
»Hast du weder Frau noch Kinder?«
»Eine Frau. Aber denk dran, dass du diejenige bist, die sich umbringen will, nicht ich.«
»Du hast recht. Aber ich glaube, du nimmst mich nicht ernst.«
»Ich sag's dir ehrlich. Am liebsten würde ich dich nicht ernst nehmen. Das wäre einfacher. Aber es ist nicht so.«

»Findest du es nicht merkwürdig, dass ich mich in so jungen Jahren umzubringen gedenke?«
»Ich wäre dir dankbar, wenn du weniger im Zeitschriftenstil reden könntest. Nein, ich finde es nicht merkwürdig.«
»Niemand weiss davon.«
»Wieso niemand? Ich weiss es doch.«
»Aber du wirst mich nicht verraten. Das heisst, ich glaube es zumindest.«
»Warum redest du nicht mit deinem Vater?«
»Der versteht überhaupt nichts.«
»Und ich, verstehe ich denn?«
»Ich bin nicht sicher. Ich mache ja auch nur einen Versuch. Du bist schon ziemlich alt, um zu verstehen, aber du hast junge Augen. Und deshalb könntest du vielleicht verstehen.«
»Herzlichen Dank für die Randbemerkung.«
»Wie sehen meine Augen aus?«
»Verwirrt.«
»Du weisst auch Bescheid, was?«
»Na klar. Man muss sich doch kümmern.«
Sie fährt sich mit der Hand über die Hose, mit einer abwesenden, fast mechanischen Geste.
»Hast du mal Drogen genommen?« lässt Quiñones im natürlichsten Tonfall der Welt fallen.
»Ja, aber das bringt nichts. Sie konnten sich nicht an mich gewöh-nen, und ich mich nicht an sie. Unvereinbarkeit der Charaktere.«
»Umso besser für dich.«
»Oder schlechter, wer weiss. Auf jeden Fall lief das nicht.«
Quiñones nimmt wahr, dass der Lieferwagen ankommt und die Madrider Zeitungen ausgeladen werden, aber er steht nicht auf, nachher ist noch Zeit genug. Er bleibt erst mal hier, bei dem Mädchen.
»War dein Vater auch im Gefängnis?«
»Ja.«
»Ist es ihm schlecht ergangen?«
»Ja. Ich heisse übrigens nicht Susana.«
»Ach tatsächlich.«
»Ich heisse Elena.«
»Und was soll das?«

»Ich wusste nicht, ob ich dir trauen kann.«
»Und jetzt?«
»Jetzt glaube ich es.«
»Also mir tut es sehr leid, aber ich heisse weiter Quiñones.«
»Schade. Ich hatte so gehofft, dass das auch gefälscht war.«
»Sorry.«
»Triffst du denn nie Vorsichtsmassnahmen?«
»Manchmal schon. Aber du siehst nicht aus wie ein CIA-Agent.«
Quiñones beschliesst, seinen zweiten Sherry einzuweihen.
»Na, schmeckt er gut?«
»Ja.«
»Ich habe noch nie Sherry getrunken.«
»Soll ich dir einen bestellen?«
»Nein. Gegen Alkohol bin ich allergisch. Gegen Alkohol und gegen Tangos.«
»Sag mal, muss ich dich fragen, warum du Lust hast, dich umzubringen?«
»Ich habe nicht Lust dazu. Ich bin dazu entschlossen.«
»Einen Entschluss fasst man aus einem bestimmten Grund.«
»Was ist denn nun? Fragst du mich oder nicht?«
»Also gut: Warum hast du diesen Entschluss gefasst?«
»Aus einem Cocktail von Gründen. Mein Vater, meine Mutter, die Freundin meines Vaters, der Freund meiner Mutter, das, was sie und andere von dort erzählen, das, was ich und andere hier erleben.«
»Wo ist hier?«
»Deutschland, Europa, dieser ganze Campingplatz. Liest du gern?«
»Ja, aber nicht übertrieben.«
»Musik?«
»Gleichfalls. Und du?«
»Gleichfalls gleichfalls. Aber was soll's.«
»Wo willst du anfangen?«
»Am Anfang, wie diese Klassiker. Als wir nach Europa kamen, fertig, völlig fertig, da war ich acht Jahre alt. Mein Bruder dagegen war erst zwei.«
»Du hast also einen Bruder, welche Überraschung.«
»Warum Überraschung?«

»Ich hätte schwören können, dass du ein Einzelkind bist.«
»Ich habe tatsächlich etwas von einem Einzelkind. Aber ich habe auch einen Bruder. Er erinnert sich an nichts. Er war noch sehr klein. Ich dagegen erinnere mich sehr wohl. Ein kleines Haus mit zwei Stockwerken und einem Garten in Punta Carretas. Kennst du Montevideo?«
»Ich bin nur zweimal dort gewesen, und das ist lange her. Aber ich weiss, wo Punta Carretas liegt. Der Leuchtturm und so.«
»Zu deiner Information: Von meinem Haus konnte man den Leuchtturm nicht sehen, dafür das Gefängnis.«
»Ach du liebe Zeit.«
»Als wir nach Deutschland kamen, waren meine Alten noch zusammen. Zusammen, aber mit den Nerven völlig runter. Über alles stritten sie. Wenigstens schliefen sie nachts noch miteinander.«
»Das weisst du aber genau. Hast du es dir eingebildet oder hast du spioniert?«
»Das Geräusch, das das Bett machte, liess es mich genau wissen. Für mich war das ein winziges Zeichen, nicht wegen frühreifer sexueller Neugier, versteh mich recht, sondern als Beweis dafür, dass sie sich noch brauchten. Immerhin bin ich ein normales Mädchen, und deshalb gefiel mir vielleicht der Gedanke nicht, dass das in die Brüche gehen könnte.«
»Aber dann ging es doch in die Brüche.«
»Sie stritten sich andauernd, vor allem über Politik. Sie sind beide links, aber der Mist ist, dass sie nicht beide derselben Gruppe angehören. Und da gaben sie sich gegenseitig die Schuld für die Niederlage. Ich verstand damals nur wenig. Es war unangenehm. Manchmal hielt ich mir die Ohren zu, aber ich hörte sie trotzdem. Mein Bruder dagegen heulte wie am Spiess, und da mussten sie schliesslich aufhören, damit er sich beruhigte.«
»Ist dein Bruder auch in Palma?«
»Nein. Er ist bei meiner Alten geblieben. Wir teilen uns auf. Eine hier und einer da.«
»Und weiter?«
»So ging also die Zeit vorbei, bis eines Nachts das Bett aufhörte, Geräusche zu machen, und ich merkte, dass da nichts mehr lief. Sie überraschten mich also nicht besonders, als sie sich

eines Nachmittags aufrafften, mir zu sagen, hör zu, Kleines, du musst das verstehen, so ist das Leben nun mal, Papa und Mama trennen sich undsoweiter. Am schlimmsten war dieses undsoweiter.«
Elena, ehemals Susana, trinkt endlich ein halbes Glas Limonade, während sich Quiñones einem unaufhaltsamen Drang zu gähnen nachgibt.
»Langweile ich dich?«
»Nein, meine Kleine, das ist die Hitze.«
»Hör zu, wenn ich dich langweile, machen wir Schluss. Weisst du, warum ich dir diese ganze Geschichte erzähle? Weil wir uns nie wiedersehen werden.«
»Bist du so sicher?«
»Denk doch mal nach. Übermorgen fahren wir ab, und ich mach in ein paar Tagen Schluss. Ich will es nicht hier machen, weil der ganze Papierkram für den Alten schwieriger wäre, und ausserdem will ich ihm den Urlaub nicht vermiesen. Dieser Plausch hier ist also mein Abschied von der Welt.«
»Das erste Mal, dass ich die Welt sein soll.«
»Und dann hat Vater das mit dieser Freundin angefangen, oder Compañera, was weiss ich, die zu allem Überfluss auch aus Uruguay stammt, und Mutter fing die Geschichte mit ihrem Freund oder Compañero an, auch ein Uruguayaner, wie sollte es auch anders sein. Alles immer schön in der Familie. Die Heimat oder das Grab. Sie sind die Heimat, und ich das, was dann kommt.«
»Gibt's denn da viele Landsleute von dir?«
»Eine ganze Menge. Sie besuchen sich und reden die ganze Zeit von dort. Dass dort Armut und Arbeitslosigkeit herrschen, dass dort Zeitungen geschlossen werden, dass dort Lieder verboten werden, dass man dort Bücher konfisziert, dass dort die Menschen verfolgt und gefoltert und getötet werden.«
»Das stimmt ja auch.«
»Weiss ich ja. Aber es klingt wie eine Gebetsmühle, vor allem für uns, die wir das gar nicht erlebt haben, die wir nur davon gehört haben. Und mit der Zeit fangen wir an, das ›Dort‹ zu hassen. Mit ›wir‹ meine ich die, die als Kinder hierher gekommen sind. Überleg mal, in Deutschland kann mein Alter ohne Probleme arbeiten, meine Alte auch, man foltert sie

nicht und ermordet sie auch nicht, und wir Kinder können zur Schule gehen und haben unsere Freunde.«
»Und was haben diese wunderbaren Sachen mit deinem Plan zu tun?«
»Geduld, Quiñones.«
»Ich höre.«
»Eines Tages baute sich mein Bruder, der inzwischen acht Jahre alt ist, also so alt wie ich, als wir herkamen, vor meinem Alten auf und sagte zu ihm, dass er nie wieder nach Uruguay zurück wolle, wie findest du das? Vater ist beinahe auf seinen Hintern gefallen. Und bevor er ihn fragen konnte, warum, sagte ihm mein Bruder, dass jenes Land ein Scheissland sei, und da war's für Vater aus mit dem Beinahe, da fiel er tatsächlich auf seinen Hintern. Ich bringe es auf den Punkt, um dich nicht zu langweilen: Diejenigen, die ihn von all dem überzeugt hatten, waren Vater und Mutter selbst gewesen, und die andern vom Stamme Uruguay. Weisst du, was da geschieht? Sie reden und reden und streiten sich und schreien sich an, als ob wir gar nicht da wären, als ob wir Steine wären, und nicht Schwämme. Aber wir sind eben Schwämme. Wir saugen auf.«
»Bist du auch ein Schwamm?«
»Ja, aber ein bisschen anders. Ich war älter als mein Bruder, deshalb erinnere ich mich wenigstens noch an den kleinen Garten hinter dem Haus in Punta Carretas. Aber ich verstehe meinen Bruder, und ich glaube, dass sein Argument viel für sich hat.«
Das Mädchen spricht jetzt schnell, sie hat sich in Eifer geredet, und Quiñones gefällt der unruhige Glanz in diesen grünen Augen. Er fühlt sich verpflichtet, ein Kompliment zu machen.
»Soll ich dir was sagen? Wenn es zufällig nicht dazu kommen sollte, dass du dich umbringst, dann wirst du in fünf Jahren unter der männlichen Jugend verheerende Dinge anrichten.«
Sie gibt ein amüsiertes Geräusch von sich.
»Unter der männlichen Jugend der Bundesrepublik Deutschland?«
»Unter der männlichen Jugend.«
»Jetzt ist mir klar, dass das ein Kompliment ist. Du wirst dich doch nicht etwa in mich verlieben?«
»Aber nein, Töchterchen, ganz ruhig. Erzähl weiter.«

»Zwar erinnere ich mich noch an das Gärtchen, aber das reicht nicht. Ich bin nicht so kategorisch wie mein Bruder. Aber ich gehöre eigentlich auch nicht zu dem, was dort ist. Vielleicht noch zu Punta Carretas, aber nicht zum ganzen Land, nicht einmal zur ganzen Stadt.«
»Anders gesagt, du fühlst dich mehr als Deutsche.«
»Nicht im geringsten. Oder sehe ich etwa nach Kartoffelsalat aus?«
»Entschuldigung, mir schmeckt er.«
»Die Leute aus Buenos Aires sind eben anders.«
»Aus Tucumán.«
»Sind eben anders.«
»Und warum fühlst du dich nicht als Deutsche? Hast du denn noch keine Freunde und Freundinnen gewonnen?«
»Jawohl. Gute Freunde, gute Freundinnen, gute Hündchen, gute Kätzchen, aber selbst die Kätzchen wissen, dass ich nie eine Deutsche sein werde.«
»Sprichst du mit Akzent?«
»Mein Deutsch ist besser als das von Willy Brandt. Aber mir fehlt der andere Akzent.«
»Welcher? Derjenige der Seele?«
»Mein Gott, sei nicht kitschig. Mir wird ja ganz schlecht.«
»Bitte vielmals um Entschuldigung. Welchen Akzent meinst du also?«
»Den anderen eben und fertig. Muss ich auch noch einen Namen dafür finden? Siehst du, das ist ein Zeichen dafür, dass du trotz deiner jungen Augen über vierzig bist. Du gehörst einer Generation an, die für alles Namen braucht.«
»Ganz genau. Die Wörterbuchgeneration. Na und?«
»Die Geschichte ist nicht so einfach.«
»Das merke ich.«
»Manchmal wohne ich bei Mutter und ihrem Freund. Er gefällt mir gut, der Kollege. Bisschen zu väterlich, aber ganz in Ordnung. Ab und zu wohne ich bei meinem Alten und seiner Rosalba. Die gefällt mir, sagen wir mal, nicht ganz so gut. Ich gebe zu, dass das ein Vorurteil ist, mehr nicht.«
»Und nicht weniger.«
»Aber zwischen halber Wohnung hier und halber Wohnung dort fühle ich mich irgendwie obdachlos.«

»Und das ist schliesslich dein Motiv?«
»Geduld, Quiñones. Wenn die einen unterwegs sind, bleibe ich bei den anderen, und umgekehrt. Aber einmal sind sie alle vier weggefahren, besser gesagt, alle fünf, mein Bruder ist auch mit. Zwei nach Osten, drei nach Westen. Und ich mitten dazwischen, wie Greenwich. Die ganze grosse Stadt zu meiner Verfügung. Zum ersten Mal. Und da passierte es.«
Quiñones sieht, dass das Mädchen etwas von ihrer Art einer Diana des zwanzigsten Jahrhunderts verloren hat.
»Passierte was?«
»Nichts Besonderes«, sagt sie mit belegter Stimme. »Ich bin vergewaltigt worden.«
»Was hast du gesagt?«
»Ich bin vergewaltigt worden, Quiñones. Es war nachts, ich lief allein, da kam plötzlich ein riesiger Typ aus dem Schatten auf mich zu. Wie im Film. Ein Klassiker. Er zerrte mich auf eine Baustelle. Mit seiner Pranke hielt er mir den Mund zu. Das war überflüssig, denn ich war schon vor lauter Angst stumm, ich dachte nicht einmal an die Möglichkeit, um Hilfe zu schreien. Er erledigte seine Arbeit, man merkte, dass er Erfahrung hatte. Für mich war es ein entsetzliches erstes Mal. Und hör mal, wie verrückt das ist. Während die ganze Sauerei ablief, konnte ich nur an das Geräusch denken, das das Bett meiner Eltern immer machte. Lächerlich, was? Dazu sagte der Typ noch Sachen, die ich nicht verstand. Es war kein Deutscher.«
»Was war er dann?«
»Kann ich nicht sagen. Er redete mit solch kehligen Lauten. Und so heiser, ich kann es nicht erklären. Auf jeden Fall war's ziemlich schrecklich.«
»Du drückst dich klar aus. Was hast du dann gemacht?«
»Als sich der Kerl befriedigt hatte, gab er mir einen harten Schlag und rannte weg. Ich rappelte mich irgendwie auf, ich war von oben bis unten zerkratzt und blutete, aber es war nicht so schlimm, und ich konnte aus eigener Kraft zu einer meiner Halbwohnungen gelangen, der meiner Mutter, die nur zwei Blocks entfernt war, und da war natürlich niemand. Und so hat niemand davon erfahren. Bis heute hat niemand davon erfahren. Ausser du, natürlich. Du bist der erste.«
»Wieso hast du es nicht wenigstens deiner Mutter erzählt?«

»Wozu denn?«
»Du hättest dich von einem Arzt untersuchen lassen sollen.«
»Vielleicht, aber ich mag diese Untersuchungen nicht. Eine Weile dachte ich, dass ich schwanger geworden sei. Und da habe ich es beschlossen. Den Selbstmord, meine ich.«
»Aber du warst es doch nicht.«
»Natürlich nicht. Deshalb habe ich es ja beschlossen. Wenn ich schwanger geworden wäre, hätte ich weiterleben müssen. Für das Kind und all das, verstehst du? Und in diesem Fall hätten mir auch die familiären und sozialen Probleme nichts ausgemacht. Aber da ich es nicht wurde, muss ich mich umbringen.«
»Ich verstehe nicht.«
»Hab ich mir gedacht. Deshalb habe ich es auch niemand erzählt. Ich dachte, dass du mich verstehen würdest, wegen deiner jungen Augen. Ich habe mich wohl getäuscht.«
»Aber Susana, Elena, was weiss ich. Hör mir mal ein bisschen zu.«
»Ist dir eigentlich aufgefallen, dass ich nicht weine, und zwar nur, damit sie dich nicht verhaften. Wegen Belästigung einer Minderjährigen.«
»Danke. Du kannst dir nicht vorstellen, wie dankbar ich dir dafür bin. Aber jetzt hör mir mal zu.«
»Es ist alles gar nicht so kompliziert. Dort gehöre ich nicht hin. Hier gehöre ich nicht hin. Und zu alledem vergewaltigt mich noch jemand, der weder von hier noch von dort ist. Am Ende war es ein Marsmensch. Und dann macht er mir noch nicht mal ein Kind, das wenigstens von hier wäre. Oder von dort. Oder aus Samputa, um der unbekannten Heimat dieses Ungeheuers irgendeinen Namen zu geben. Du merkst schon, ich bin ziemlich verwirrt.«
»Und wenn wir dich wieder entwirren?«
»Geht nicht. Oder vielleicht will ich inzwischen auch nicht mehr.«
»Wir könnten es doch wenigstens versuchen.«
»Aber hast du denn nicht verstanden? Seit jener Nacht bin ich aus allem raus, stehe ich am Rand. Siehst du die ganzen Schweden, Holländer und Deutschen, die hier rot wie die Krebse und gelangweilt vorbeilaufen? Die interessieren mich einen Dreck.«

»Mich interessieren sie auch nicht. Und ich bin nicht vergewaltigt worden.«
»Ja, ich gebe zu, dass das ein schlechtes Argument war. Aber ich sehe auch meine Mutter und ihren Compañero, und meinen Vater und seine Freundin, und selbst meinen Bruder und meine uruguayischen und meine deutschen Freunde, und auch sie interessieren mich nicht mehr. Weil ich raus bin. Sie haben mich draussen liegengelassen. Wie man irgendein Ding liegen lässt. Ein gebrauchtes, kaputtes Ding, für das es keine Ersatzteile gibt.«
»Denk daran, du hast gesagt, dass du nicht weinen wolltest.«
»Damit sie dich nicht verhaften. Du solltest mir dankbar sein für dieses Opfer, denn ich habe wirklich wahnsinnig Lust zu heulen.«
»Dabei sollte dir eigentlich ein Umstand helfen. Die einfache Tatsache, dass du ein solches Gesicht ziehst, dass du eine so wahnsinnige Lust hast zu heulen, zeigt, dass du nicht raus bist aus allem, links liegengelassen wie ein kaputter Gegenstand. Wenn es nämlich wirklich so wäre, dann fühltest du dich wie ausgetrocknet, ausgedörrt sogar.«
»Woher willst du das so genau wissen?«
Quiñones hat eine Zigarette hervorgeholt und versucht, sie anzuzünden, doch zieht sich das Manöver etwas in die Länge, da das Streichholz aus unerfindlichen Gründen zittert.
»Woher ich das wissen will? Weil ich nämlich wirklich ausgetrocknet gewesen bin, ausgedörrt.«
Sie verzieht wieder das Gesicht, jetzt aber nicht wie eine Vierzehnjährige, sondern wie eine Fünfjährige. Dann fängt sie sich wieder und trinkt endlich ihre Limonade leer. Sie will etwas sagen, doch da sieht Quiñones, wie sich plötzlich ihr Gesichtsausdruck ändert, als hätte sie sich eine Maske übergestülpt.
»Achtung, da kommen sie.«
Ein richtiger Anti-Höhepunkt. Denn da nähern sich der Vater und eine Frau, die Rosalba sein muss, mit den unnötig schnellen Schritten von Leuten, die zu spät zu einer Verabredung kommen.
»Gottseidank, das du hier bist«, sagt Rosalba, heftig atmend.
»Wir hatten schon Angst, du hättest keine Lust mehr gehabt, zu warten.«

»Wir sind schon viel zu spät«, sagt der Vater. »Wir haben nicht mal Zeit, uns hinzusetzen und etwas Kaltes zu trinken. Wir haben eine Verabredung im Hotel, mit den Elguetas, diesen Chilenen — erinnerst du dich? —, die wir in Barcelona kennengelernt haben.«
»Papa, Rosalba«, sagt das Mädchen und kramt seine Sachen zusammen. »Das hier ist Herr Quiñones. Er ist Argentinier und stammt aus Tucumán.«
»Sehr erfreut«, sagen wie aus einem Munde Quiñones, der Vater und Rosalba.
»Herr Quiñones ist sehr freundlich zu mir gewesen«, fügt das Mädchen hinzu. »Er hat mir nicht nur das lange Warten verkürzt, sondern mich auch davon überzeugt, mich nicht umzubringen.«
Rosalba lächelt, ein wenig desorientiert, aber der Vater prustet laut los.
»Herr ... wie war doch gleich Ihr Name?«
»Quiñones.«
»Herr Quiñones, ich bitte Sie um Verzeihung wegen des Mädchens. Was die jungen Leute so reden.«
»Ich finde sie intelligent und sympathisch.«
»Sehr freundlich«, sagt der Vater. »Aber jetzt nehmen wir sie wieder mit, und Sie haben Ihren Frieden.«
»Danke, Quiñones«, sagt das Mädchen.
Als der Vater und Rosalba sich nach einem Taxi umsehen, nutzt sie die Gelegenheit, um Quiñones einen Handkuss zuzuwerfen.
»Also bitte, wir müssen los«, wiederholt der Vater, nun schon etwas ungeduldig.
»Ja«, sagt Rosalba, »dein Vater hat recht. Wir müssen los, Inés.«

Küstenstriche

Das Schweigen des Meeres

... und das Schweigen des Meeres und das seines Lebens.
José Hierro

Das Schweigen des Meeres
brüllt ein unaufhörliches Urteil
dichter als dasjenige eines Krugs
unerbittlicher als zwei Tropfen

schon würde der Horizont uns näherbringen oder ausliefern
den blauen Tod der Medusen
unser Misstrauen lässt es nicht zu

Das Meer horcht wie ein Schwerhöriger
es ist unempfindlich wie ein Gott
und überlebt die Überlebenden

Nie werde ich wissen was ich von ihm erhoffte
noch welch flehentliche Bitte es in meinen Knöcheln
   zurücklässt
doch wenn diese Augen genug haben von den Pflastersteinen
und zwischen der Ebene und den Hügeln verharren
oder in Strassen, die in andere Strassen münden
dann fühle ich mich als Schiffbrüchiger
und nur das Meer kann mich retten.

Grün und ohne Paula

Wie er aus dem Sand aufsteht, sorgfältig das Handtuch zusammenlegt, tief durchatmet, um dann zum Saum des Wassers zu gehen und sich langsam ins Meer gleiten zu lassen, weiss er, dass er nichts dem Zufall überlassen hat. Dort oben, auf dem Kopfkissen im Zimmer 512 des Hotels Condor, liegt der Umschlag mit den fünf in roter Farbe geschriebenen Wörtern: Bitte an Paula Acosta weiterleiten. Das Zimmermädchen wird ihn finden, wenn sie, wie immer, gegen zwölf kommt. Drei Monate hat er zu dieser Entscheidung gebraucht, aber nun ist sie unumstösslich. Er erträgt sich ganz einfach nicht mehr, er muss Schluss machen. Aber besondere Eile ist auch nicht geboten.
Wie ihm das Wasser die Knöchel kühlt, sagt er sich, dass das letzte Kapitel begonnen hat. Eines der ersten hat sich an einem anderen Strand abgespielt, auf der anderen Seite des Atlantiks, mit seiner Mutter und seinem Stiefvater Víctor, die Hand in Hand über den harten Sand von Portezuelo gingen, während Joaquín auf der Mundharmonika eine Milonga spielte, und der winzige, nasse Hirtenhund Mastín bellend seinem Namen wie immer alle Ehre machte. Zeiten der Unschuld oder der Taubheit, der Unwissenheit oder der Nachlässigkeit, das weiss er nicht mehr genau. Zeiten, in denen er seine zehn, zwölf jungen Jahre in dem satten Wohlbefinden, in den Strahlen der Sonne, der salzigen Luft in seinen Lungen, den glatten Felsen wiederfand. Seine Mutter und Víctor, damals noch so jung, und trotzdem — für ihn — schon so alt. Und der Vater, von dem niemand spricht, und den er nie kennengelernt hat, obschon er mit Hilfe seines Cousins José Carlos verschiedene Teilchen seiner verworrenen Geschichte hat zusammensetzen können. Die unerwartete, beinahe kriminelle Flucht an ir-

gendeinen Ort im Ausland, bei der er rücksichtslos Frau und Kind zurückliess, keine Erklärungen oder Briefe, nur Nachrichten, die auf Umwegen kamen, Bilder von der Mutter, wie sie stundenlang, wochenlang weinte, und die Erinnerungen daran, wie sie sechs Jahre später wieder auf die Beine kam, durch Víctor, der ein sportlicher, guter Kerl ist, wenn auch schon alt. Eigentlich waren sie alle alt, ausser José Carlos und Paula, seinen Freunden.
Dabei handelt es sich immerhin um eine bewusste Erinnerung. Er wartet nicht auf den berühmten rasenden Film, der am durchschnittlichen Ertrinkenden vorbeizieht. Wozu auch. Er hat genug Zeit, die Geschichte in Ruhe zu betrachten. Und kann jetzt, als das Mittelmeer seine Knie erreicht, den Abschnitt seiner Jugend auswählen, mit den glänzenden Noten, den warmen Sommern und der aufrichtigen Freude von Víctor, fast sein Vater, als er im Liceum den Achthundert-Meter-Lauf gewinnt, wobei er die ersten sechshundert Meter noch verhalten läuft, um dann seine ganze Klasse zu zeigen und im Endspurt an den anderen vorbeizuziehen wie an Zaunpfählen. Zeiten des Lesens, der ersten wichtigen, prägenden Bücher. Und Paula. Der Heimweg von der Schule, Abenddämmerung im Park, die Entdeckung der Milchstrasse.
Er kann die Bilder frei wählen, ihre Abfolge bestimmen. Er ist es, der, barfüssig auf den glatten Steinen des Meeresbodens stehend, das Wasser nun schon an den Oberschenkeln, er ist es, der unerbittlich die Szenen abruft. Zum Beispiel die Entfremdung von Joaquín, der schon lange keine Milongas mehr auf der Mundharmonika spielt, sondern heftig die einsetzende Repression rechtfertigt, der sich in ultra-rechten Grüppchen umtut, mit dem Finger auf Klassenkameraden zeigt. Und Paula. Organische Chemie mit Küssen. Anorganische Chemie mit Streicheln. Physik mit allem beiden.
Mutter hat inzwischen Falten, trotz aller Crèmes, und Víctor, trotz seines inneren Friedens, kriegt ein Darmgeschwür. Die Zeit vergeht. Die einen machen die Augen auf, andere schliessen sie.
Die kleine, sanfte und verräterische Welle lässt seine Hoden schrumpfen. Hier hält er inne, bevor er weiter ins Tiefe geht, bis dort, wo er keinen Tritt mehr fassen wird. Die Welle be-

rührt sein Geschlecht. Paula berührte es auch, und dabei blieb es. Er dachte, für immer, und sie auch. Und so ist es ja auch gewesen. Schliesslich ist er es, der fortgeht. Er verlässt sie für das grenzenlose Meer, für einen geheimnisvollen Frieden. Paula ist ein Körper, den er hat wachsen sehen, sich entwickeln, blühen und reifen, eine Persönlichkeit beherbergen. Und mehr. Paula oder die Versuchung des Lebens. Es ist hart, sich zu überwinden. Aber jetzt hat er es schon hinter sich. Ein Schlag noch mit dem Tod von Víctor, bei jenem schrecklichen Unfall bei Kilometer 97, und der schwere Zusammenbruch der Mutter, von neuem allein, älter als je zuvor.
Erst als ihm das durchsichtige Wasser bis zum Magen reicht, explodiert die Erinnerung. Er denkt nicht an Pistolenschüsse, denn er hasst die Sprache nordamerikanischer Fernsehserien, aber genau darum handelt es sich eigentlich: Schusswechsel oder Gewehrsalven oder Granatwerferfeuer. Wann hatte der Alptraum begonnen? Vielleicht, als sie anfingen, die Studenten zu verhaften. Wie hätte er da still bleiben können, ruhig und sicher in seinem Eckchen? Und Paula. Eine andere Art von Liebe, quasi ein gemeinschaftlicher Orgasmus. Wie könnte er nichts tun, sich nicht beteiligen? Und Paula. Welche Wonne, welch überwältigendes Gefühl, sich jenem jungen, ähnlichen und doch so verschiedenen Leben zu verbinden. Welch gefährliches Paradies, in sie einzudringen, gemeinsam zu rauchen, Pläne zu schmieden, um von neuem in sie einzudringen. Und danach zu den geheimen Treffen zu gehen, bei denen sogar Schreie geflüstert wurden. Welch unglaubliche Stadt, ungewohnt, solidarisch, verschwiegen, mutig, freundschaftlich, herzlich. Zweimal Läuten gemäss Code, und es öffnen sich Türen, Mate, Kaffee, Bier, Pläne, so genau gezeichnet wie in der Schule, hat jemand Streichhölzer, zünd es an, tschau. Und Paula. Glücklicherweise war sie nicht dabei, als sie in jenem Wochenendhäuschen in Atlántida geschnappt wurden. Zur Mittagsstunde, zwischen Urlaubern, Radfahrern und Eisverkäufern. Nichts zu machen. Alles hatten sie eingeplant, nur diese wahrhafte Bilderbuchstunde nicht: den verdammten Mittag.
Die Arme, horizontal ausgestreckt, das Wasser sanft berührend, damit die Welle endlich die widerstrebenden Achseln

lecken kann. Natürlich hatte er die Folter vorausgesehen, daran gedacht, wie er ihr psychisch wiederstehen könnte, und an seine Prinzipien. Aber dann die Wirklichkeit. Sieben Tage und Nächte, in denen er verzweifelt nach etwas suchte, das er ihnen erzählen konnte, das glaubwürdig klingen würde und sogar halbwegs stimmte, und das gleichzeitig nutzlos für sie wäre. Etwas, damit sie ihn einfach zum Luftholen kommen liessen. Und er rückte jene Adresse heraus, von jener Wohnung, wo schon längst niemand mehr war, denn eine Woche zuvor hatten sie sich in alle Winde zerstreut. Und trotzdem setzten sie ihm weiter zu, lange und hart, weitere vier Tage und vier Nächte, denn von jenem Zeitpunkt an wollten sie mehr haben, Bestätigungen, weitere Informationen. Die alte Adresse, wo schon niemand mehr war. Und wegen ihm, wegen seines unverzeihlichen Fehltritts hatten sie Omar überrascht, Omar allein, und der hatte sich verteidigt, und da hatten sie ihn durchlöchert. Acht Jahre ist das her. Und niemals vorbei.

Das Wasser, immer kälter, ist jetzt eine Schlinge um seinen Hals. Er hat sich das nie verzeihen können. Auch wenn niemand davon erfahren hat. Denn das hat niemand erfahren, ausser Paula. Er selbst hat es ihr erzählt, hier in Europa, scheinbar schon in Freiheit, denn eine solche Vergangenheit war zuviel für ein einziges Gedächtnis. Und er war ihr dankbar, dass sie ihm das weder verzieh noch entschuldigte noch rechtfertigte noch sagte, lass gut sein, es ist vorbei, er war ihr dankbar, dass sie sich nur fest an ihn drückte und sagte »mein Armer«. Denn genau das war er ja auch mehr oder weniger. Ein armer Teufel mit Omar auf dem Gewissen. Mit Omar, den er niemals gesehen hatte, aber den umzubringen er geholfen hatte, ohne es zu wollen. Und Paula. Von da an war ihre Beziehung anders. Denn sie versteht ihn, versteht, dass er sich so fühlt. Sie weiss, dass er Nacht für Nacht vor dieser wahnsinnig hohen, unüberwindbaren Mauer dieses unsinnigen Todes steht, die sein Privateigentum zu sein scheint, und die ihn von den anderen, vom Rest der Welt trennt. Und sie tritt zu ihm und lehnt sich mit ihm gegen diese unheilvolle Mauer, aber sie spricht niemals ab, dass sie da ist. Sie hilft ihm, Lösungen zu suchen, keine falschen Alibis, sondern einen wirklichen Ausweg. Aber es gibt keinen. Nur diesen hier: langsam ins Meer zu gehen. Immerhin wird er nicht erschrecken, wenn sein Kopf, und mit ihm seine Vergangenheit, seine Gegenwart und Zukunft, für immer unter Wasser bleiben. Er hat Erfahrung mit dem Ertrinken. Und das Wasser des Mittelmeeres ist trotz aller Nachrichten über die Verschmutzung immer noch viel sauberer als der Tank voller Scheisse in den Kasernen. Es ist so etwas wie eine Wiedergutmachung, ein Preis, den er sich selbst verleiht: Sich in sauberem Wasser zu ertränken, in sauberem, reinigendem Wasser. Und Paula. Er hat sie ganz beruhigt in Barcelona zurückgelassen, denn er hat ihr erzählt, er müsse mit Tito und Beatriz, die hier ihren Urlaub verbrächten, über das Komitee reden. Aber in Wirklichkeit ist er gekommen, um mit dem Meer zu reden, mit dem Mittelmeer, so grün und ohne Paula.

Dieses Mittelmeer, das jetzt sein Kinn erreicht hat und ihm mit seiner Salzlake zu den Lippen steigt. Und dieser Geschmack erreicht ihn genau im gleichen Augenblick wie der Schrei, schrill vor lauter Verzweiflung. Nur das Rauschen des Wassers und dann kommt er wieder, erstickt, schon weiter draussen. Jetzt kann er keine lange Überlegungen anstellen, noch hat er das Recht dazu. Ihm bleiben kaum ein, zwei Sekunden. Der Schrei, der »Hilfe« oder »Rettet mich« bedeuten kann oder auch einfach nur »Ahhhh«, durchbricht wieder die Stille, diesen sonderbaren Frieden, der ihn schon umfangen hat. Und ihm bleibt keine andere Möglichkeit, als sich hoch aufzurichten, sich zu schütteln, von der Wasseroberfläche aus herauszufinden, von wo er kommt und zu schwimmen, zu schwimmen, zu schwimmen, mit aller Kraft und Übung, die ihm zur Verfügung steht. Das blonde Mädchen taucht kraftlos aus den Wellen auf und geht wieder unter, taucht auf und geht unter, und er schafft es, ihr Haar zu fassen, sie über Wasser zu bringen und ihren Kopf mit einem Arm hochzuhalten, während er mit dem anderen dem Ufer zurudert, gleichmässig und ohne die Ruhe zu verlieren, und er schwimmt, schwimmt, schwimmt mit einer neuen, wiedergewonnen Kraft, mit energischer Besessenheit.

All das geschieht wie in einem langen Augenblick. Endlich liegt das Mädchen auf dem Strand, und er sieht mit meernassen Augen zu, wie zwei, drei stämmige Männer all ihre Kenntnisse über künstliche Beatmung bei ihr anwenden. Mindestens fünfzig Menschen umgeben den am Boden liegenden Körper, und andauernd verlässt jemand den Kreis und kommt auf ihn zu und fasst ihn an der Schulter oder lächelt ihn an oder sagt: »Bravo, Mann«, oder »Wenn Sie nicht gewesen wären«, oder »Sie haben aber Mut«, oder »Amigo, dieser Tag gehört dir«. Denn plötzlich merkt er, wie sie angefangen haben, ihn zu duzen, und das Mädchen hat sich aufgerichtet, die Röte kehrt in ihr Gesicht zurück, und sie fragt, wer sie gerettet hat. Alles beruhigt sich langsam wieder. Und, ohne dass irgendjemand danach gefragt hätte, sagt einer, dass es jetzt halb zwölf ist. Da ist ihm mit einem Schlag und ohne jeden Zweifel klar, dass er so schnell wie möglich ins Hotel zurück muss, damit er noch ins Zimmer 512 kommt, bevor das Zimmermädchen den Umschlag mitnimmt.

Regionen

Die Fünf

Betastet die Ähre den Kelch des Staubgefässes
die von der Erde gezeichnete Spur
sucht den geliebten Körper unter den Körpern
den es nicht gibt

Schaut auf welcher Fliese der Geschichte
man aufs Geratewohl die Rückkehr antritt und wie
man Stück für Stück von dem wiedererkennt
das es nicht gibt

Lernt den furchtbaren Begleiter zu riechen
die Einladung des Geschlechts / den Wagemut
spürt dem Geruch des Vertrauens nach
das es nicht gibt

Hört wie man die Rufe versteht
die Straflosigkeit des Widerhalls / seine Zärtlichkeit
und wie man unter allen Stimmen die herauspflückt
die es nicht gibt

Geniesst den Regen und den Pfirsich
die Lider der Morgendämmerung und das Holz
findet Gefallen am Bett des Lebens
das es nicht gibt

Aus reiner Zerstreutheit

Nie hatte er sich für einen politischen Exilierten gehalten. Er hatte sein Land aus einem seltsamen Impuls heraus verlassen, der sich in drei Abschnitte teilte. Der erste war, dass ihn auf der Avenida nacheinander vier Bettler ansprachen. Der zweite, dass im Fernsehen ein Minister das Wort Friede benutzte, und ihm unmittelbar darauf das rechte Augenlid zu zucken begann. Der dritte, dass er eine Kirche seines Viertels betrat und sah, wie ein Christus — nicht der am meisten angebetete und mit Kerzen bedachte, sondern ein anderer, etwas Heruntergekommener in einem der Seitenschiffe — untröstlich zu weinen begann.
Vielleicht dachte er, dass er, wenn er in seinem Land bliebe, in nicht allzulanger Zeit verzweifeln würde, und er wusste nur zu gut, dass er nicht für die Verzweiflung gemacht war, sondern für das Vagabundenleben, die Unabhängigkeit, bescheidenen Genuss. Er mochte die Menschen, doch band er sich nicht an sie. Die Landschaften gefielen ihm, doch nach einer Weile begann er, sich vor lauter Grün zu langweilen und den Russ der Städte zu vermissen. Er genoss die Spannung in den Städten, doch kam auch der Tag, da fühlte er sich eingeschlossen von den bedrohlichen Betonklötzen.
So, wie er über Strassen und Wege seines Landes gezogen war, begann er nun, durch Länder und über Grenzen und Meere zu ziehen. Er war entsetzlich zerstreut. Oft wusste er überhaupt nicht, in welcher Stadt er sich gerade befand, doch entschloss er sich deshalb noch lange nicht, nach dem Weg zu fragen. Er zog einfach weiter, und es machte ihm jedenfalls nichts aus, wenn er sich verirrte. Wenn er etwas brauchte, zum Essen etwa oder zum Schlafen, so beherrschte er vier Sprachen, um darum zu bitten, und es gab immer jemanden, der ihn verstand.

Schlimmstenfalls blieb ihm immer noch das Esperanto der Gesten.
Er reiste mit der Eisenbahn oder mit dem Autobus, doch schaffte er es normalerweise auch, dass ihn jemand mit dem Auto oder Lastwagen mitnahm. Er flösste Vertrauen ein. Die Leute glaubten ihm die unmöglichsten Dinge, und darin täuschten sie sich nicht, denn alles an ihm war ein bisschen unmöglich. Für gewöhnlich war er allein, und das war auch ganz folgerichtig, denn kein Mann und noch viel weniger eine Frau wäre in der Lage gewesen, so viel Sorglosigkeit und Unordnung zu ertragen.
Wenn er über eine Grenze kam, zeigte er seinen Pass mit einer gelangweilten, mechanischen Geste, vergass jedoch sofort, um welche Grenze es sich überhaupt handelte. Nur wenig Zeit verbrachte er im Zentrum der Städte. Er zog die Randviertel vor, wo er sich besonders mit den Kindern und den Hunden gut verstand.
Manchmal halfen ihm bestimmte Kleinigkeiten, sich zurechtzufinden. Doch war das nicht immer so. Eines Morgens fand er sich an einem Kanal und dachte, er sei in Venedig, doch handelte es sich um Brügge. Die Seine mit dem Rhein zu verwechseln und umgekehrt, passierte ihm mindestens dreimal. Er hatte keinen Kompass, sondern richtete sich nach dem Sonnenstand, doch an stürmischen Tagen mit dunklem Himmel hatte er keine Ahnung, wo Norden lag. Und auch dies machte ihm nichts aus, denn er hatte keinerlei Vorliebe, was die Himmelsrichtungen anging.
Eines Mittags merkte er, dass er durch Helsinki spazierte, denn er sah eine Telefonzelle, auf der PUHELIN geschrieben stand. Das war eines der wenigen Dinge, die er von Finnland wusste. Ein anderes Mal verspürte er ein beunruhigendes Hungergefühl und zog aus seinem Beutel ein Stück Käse; als er es missmutig verschlang, bemerkte er, dass er an einer Säule lehnte, die ihn an diejenigen aus hellenischem Marmor erinnerte, die er auf einem Foto vom Parthenon gesehen hatte, und natürlich wurde ihm aufgrund dieser Assoziation klar, dass er tatsächlich auf der Akropolis sass. Ja, er war wirklich sehr zerstreut. Ein anderes Mal schneite es, und er tauchte, um sich vor der Kälte zu schützen, in die modernen Ladenebenen unter den Pariser

Halles. Als er, ein halbes Jahr später, aus anderen unterirdischen Ebenen mitten im Zentrum von Stockholm wieder auftauchte, freute er sich ehrlich, dass es nicht mehr schneite.

Ab und zu ging er auch auf Flughäfen, doch reiste er fast nie im Flugzeug, unter anderem deshalb, weil er, wenn er sein leichtes Gepäck am entsprechenden Schalter aufgegeben hatte, zur Aussichtsplattform ging, um die grossen Flugzeuge starten und landen zu sehen, und den Lautsprechern, die unablässig seinen Namen aufriefen, nicht die geringste Aufmerksamkeit schenkte.

Bei einer Gelegenheit jedoch, und wer weiss aufgrund welches merkwürdigen Umstandes, blieb er in der Nähe eines Flugsteiges stehen und stieg vertrauensselig mit den anderen Reisenden ins Flugzeug. Als er ans Ziel kam und so gelangweilt wie immer seinen Pass vorzeigte, sah ihn der Zollbeamte aufmerksam an und sagte: »Bitte kommen Sie mit«. Willig folgte er dem Beamten über einen menschenleeren Flur. Als sie an eine Tür mit der Aufschrift »Durchgang verboten« gelangten, hielt der Beamte diese auf und bedeutete ihm, einzutreten. Das tat er auch, ganz arglos. Er wollte an den Tisch treten, der in der Mitte des Raumes stand, doch sah er plötzlich nichts mehr. Jemand hatte ihm von hinten eine Kapuze über den Kopf gezogen. Erst da wurde ihm klar, dass er, aus reiner Zerstreutheit, in sein Heimatland zurückgekommen war.

Enklave

Zeremonien

Es gab eine Zeit da wir uns auf die trockenen Blätter fixierten
auf die Mauer aus Schutt und auf die bare Nacht
auf den Mond der bleich war von so vielen Zerstörungen
und so setzten wir auf die Melancholie
wir wussten nicht dass dies noch nicht unser Unglück war
es waren noch nicht die Zeiten der systematischen Armut
privater Labyrinthe und nicht ganz echter Trauer

Die Qual war fremd und blieb weit entfernt
das Ausmass der Strafe war so bescheiden wie die Wollust
unsere hungrigen Zähne und unsere brünstigen Zungen
funktionierten langsam aber sie funktionierten

Die Frühlinge vergingen uns unter der Hand
wir betrachteten den Horizont und wussten nicht was wir
   von ihm wollten
die Dämmerung wuchs mit blauen Pfeilen
und die Luft war rätselhaft wie ein alter Gelehrter

Aber eines Morgens früh brachen sie die Tür auf
sie durchsuchten unseren Dachstock und unsere Erinnerung
sie entschieden für uns mitten im Zweifel
sie nahmen uns die Hirngespinste und die Papiere
sie errichteten einen Klotz von Wörtern
und einen Hof der Angst in dem sie uns allein liessen

Sie hoben unser Recht auf Lässigkeit auf
sie ersetzten die Ahnungen durch den Hass
sie beraubten uns des grünen Regens
und der unentgeltlichen Ruhe und der ausgesuchten Liebe
sie hackten uns entzwei mit einer winterlichen Axt

Auf diese so schmutzige Weise wurde uns eröffnet
dass wir in Wirklichkeit nicht aus Überdruss
   geschäftig gewesen waren
sondern dass wir unbemerkt glücklich gewesen waren
nicht glückselig aber ausreichend begierig
nach Schutz Betten Einsamkeiten Entschuldigungen

Auf diese so unpassende Weise wurde uns gezeigt
dass jeder Zusammenbruch weniger gewesen wäre als
   dieser Peitschenhieb
und es mussten Tunnels und Masken und Fallen auftauchen
damit wir die alltägliche Lethargie vermissten
die Adern der Bäume das Pferd im Gegenlicht

Werden wir das Handbuch des Grolls erlernt haben
oder wird uns die Wut wie Schuppen abfallen?
Werden wir uns daran erinnern nicht zu vergessen
oder werden wir uns unserer Abneigung entkleiden?
Werden wir unsere Abscheu für immer aufbewahren
und vor dem falschen Verzeihen retten?

Es ist gewiss, dass weder der Blitzschlag noch der Tau
   es eilig haben
Zwangsräumungen und Willkommensgrüsse warten
   bis sie drankommen
aus einem bestimmten Grund sind wir so klug von null
   anzufangen
und niemand kniet nieder bei den gefallenen Weinranken

Wir werden jeden Zentimeters an Voraussage würdig sein
wir werden den Überlebenden Wege eröffnen
ohne Girlanden dafür mit Antworten
glänzend und zugänglich

Wir werden das viele ersetzen was wir verloren haben
wir werden das wenige nutzen das uns bleibt

Der Schutzengel

Es war Onkel Sebastián, der ihr als erster vom Engel erzählte, lange bevor der Engel tatsächlich erschien. Wer ihr als erster den Engel auszureden versuchte, war Onkel Eduardo. Doch war Ana María in dem Alter, in dem man an Engel glaubt, und so liess sie sich von Onkel Sebastián überzeugen, der nicht nur ihr Onkel mütterlicherseits, sondern auch noch ein Priester gottväterlicherseits war. Und so begann sie ganz einfach auf den Engel zu warten. Sebastián meinte, sie müsse ihn Schutzengel nennen, doch liess Ana María diesen Zusatz aus und nannte ihn Engel und Punktum. Vielleicht deshalb, weil der Kaufmann an der Ecke Manolo Schütz hiess, und sie es nicht zulassen wollte, dass ihr Engel mit so einem Fettsack verwandt sein sollte.
Onkel Sebastián zufolge konnten jeder Mann und jede Frau, vor allem aber jeder Junge und jedes Mädchen ihren Schutzengel haben, ein Wesen, das vor einer Bedrohung warnte oder einer Gefahr aus dem Wege gehen half. Doch im Laufe der Zeit, und je mehr sie die Kindheit hinter sich liessen, wurden Männer und Frauen egoistisch und niederträchtig und verloren ihre Reinheit und Grosszügigkeit, und ihre jeweiligen Beschützer blieben, verwirrt und vergessen, auf dem Weg zurück.
»Blödsinn«, sagte Onkel Eduard, der Atheist und Materialist war, »nur ein Einfaltspinsel wie Sebastián kann solchen Quatsch glauben. Es macht mir eigentlich herzlich wenig aus, dass er sich in dieser Halbwelt von Betschwestern und komischen Heiligen herumtreibt, doch ärgert es mich schon, dass er die Unschuld meiner kleinen Nichte ausnutzt, um ihr solchen Unsinn in den Kopf zu setzen. Und er sprach mit seinem Bruder Agustín, dem Vater von Ana María. Doch Agustín hatte zuviele wichtigere Probleme, als dass er sich um eine so zweit-

rangige Geschichte wie den Status von Engeln hätte kümmern können. Sebastián seinerseits sprach mit seiner Schwester Esther, der Mutter von Ana María, um sie vor dem verderblichen Einfluss zu warnen, den ihr Schwager auf das zehnjährige Mädchen ausüben könnte, indem er es von seiner natürlichen religiösen Berufung abzuhalten suchte, doch ergriff auch Esther nicht Partei.
In Wirklichkeit war es nicht religiöse Berufung, die Ana María auf den Engel warten liess. Mit gleicher Neugier hätte sie auf einen Marsmenschen oder irgendein Fabelwesen gewartet. Bloss liessen die Predigten von Onkel Sebastián die Gegenwart des Engels wirklicher erscheinen, was für sie nichts mit religiösen Gefühlen zu tun hatte, sondern die Erfüllung eines schönen Traums versprach.
Als also der Engel tatsächlich endlich auftauchte und Ana María, die an jenem Montagmorgen mit dem vollen Ranzen auf dem Rücken zur Schule unterwegs war, ihn neben sich hergehen sah, brach sie nicht etwa in voreilige hysterische Schreie aus, noch blieb ihr der Mund offen stehen, noch vollführte sie Bocksprünge. Sie sagte ganz einfach »Guten Tag, Engel«, wobei aber ihre grünen Augen schon etwas zu leuchten begannen.
Er war angezogen wie ein ganz normales Wesen — Blue Jeans, weisses Hemd, blauer Pullover —, doch spielte das keine Rolle, sie wusste, dass er ein Engel war. Offensichtlich schien er sie auch nett zu finden, denn von diesem Montag an begleitete er sie jeden Morgen auf ihrem Schulweg. An Sonn- und Feiertagen tauchte der Engel nie auf, wahrscheinlich weil kein Unterricht war, oder weil auch Engel mal ausruhen müssen.
Auf jeden Fall behielt Ana María ihr Geheimnis für sich. Keiner ihrer Schulfreundinnen erzählte sie davon, aus Angst, dass die sich über sie lustig machen könnten, wie einmal, als sie ihnen offenbart hatte, dass sie sich mit dem Hund ihres Grossvaters unterhielt, und dass Trifón ihr aus offensichtlichen Gründen nicht mit Worten antworte, sondern ihr zulächle. Nicht einmal Onkel Sebastián sagte sie etwas vom Auftauchen des Engels, ganz einfach weil sie ahnte, dass der Priester dann täglich unverschämt Onkel Eduardo mit seinem Sieg hänseln würde, und das wollte sie nicht, denn, von der Geschichte mit

den Engeln abgesehen, mochte sie den Onkel Eduardo wirklich sehr und bedauerte ihn ein bisschen, weil er nicht an Engel glaubte.
Dabei freute sich Ana María ordentlich über ihren neuen Begleiter, der nie ein Wort sprach und sie nur immer anschaute, mit Augen, die mal umwölkt, mal heiter waren, wie der Himmel selbst. Sie erzählte ihm alles, was in der Schule passierte, und auch die Geschichten aus ihrer Familie. Ab und zu lächelte der Engel, und Ana María fühlte sich dann mehr als entschädigt und glücklich.
Zu Hause war das Leben hingegen weniger freundlich. Onkel Eduardo war verschwunden, und niemand sprach über ihn. Wenn Ana María nach ihm fragte, tadelte die Mutter sie mit ihrem Blick. Schliesslich gelang es ihr herauszufinden, worin das Geheimnis bestand. Onkel Eduardo sass im Gefängnis. Komischerweise schien es Onkel Sebastián in Ordnung zu finden, dass er im Gefängnis sass, und deshalb durfte darüber weder beim Frühstück noch beim Mittagessen und auch nicht beim Abendbrot gesprochen werden, vor allem, wenn Onkel Sebastián da war, denn Agustín war mit seinem Schwager überhaupt nicht einverstanden, und das Streiten machte das Schnitzel mit Pommes frites völlig unverdaulich. Onkel Eduardo wurde schrecklicher Dinge bezichtigt, doch glaubte Ana María nichts davon, und das sagte sie auch dem Engel, dessen Blick freundlich und zustimmend war.
Eines Morgens nahmen die Eltern Ana María beiseite und erzählten ihr, dass sie alle drei das Land verlassen würden. Wann? Morgen schon. Ana María fragte nicht nach dem Grund dieser eiligen Flucht, denn es interessierte sie nicht allzu sehr, und ausserdem galt ihr erster Gedanke dem Engel. Die Trennung würde für sie beide sehr schmerzhaft werden. Sie wagte noch, vorzuschlagen, dass sie ja bei den Grosseltern bleiben könne, dann würde sie das Schuljahr nicht verlieren. Doch Agustín und Esther gestatteten keine Ausreden. Sie würden alle drei fortgehen, das war beschlossene Sache.
Ana María ging für einen Augenblick auf die Strasse hinaus, ohne grosse Hoffnung, dass sie den Engel treffen würde, doch da stand er, fast so, als hätte er geahnt, dass der Abschied nahte. Den Tränen nahe gab sie ihm die schlechte Nachricht, und

wie zu erwarten war, umwölkten sich die Augen des Engels. Ana María hätte ihn am liebsten gestreichelt, so wie sie es mit Trifón machte, doch es ist allgemein bekannt, dass Engel nicht gestreichelt werden können. So beschränkte sie sich darauf, ihn zu fragen, ob er nicht mit ihr reisen könnte, und fügte auch noch hinzu, ihr Onkel Sebastián habe gesagt, dass Schutzengel ihren Schutzbefohlenen überall hin folgten. Da verdunkelten sich die Augen des Engels noch mehr, und er schüttelte den Kopf mit unerwarteter Schicksalsergebenheit. Sie verspürte eine leichte Enttäuschung, denn sie hatte gedacht, er sei wagemutiger, entschlossener, solidarischer.
Für Ana María war die Trennung ein schwerer Schlag. Wenn Monate oder Jahre später, als sie in Europa lebten, ihre Eltern und die Freunde ihrer Eltern, von den winterlichen Strassen ins Haus herein kamen und einen Schnaps tranken, um sich aufzuwärmen, dann fingen sie, kaum dass sie zu zittern aufhörten, von zu Hause, vom weit entfernten Heimatland zu reden an. Strassen, Menschen, die Sonne, Bücher, Schulhöfe, Strände, die Mädchen, Fichten, Plätze, Tangos, Regen, Nebel, alles wurde Teil ihres Heimwehs. Für Ana María hingegen war ihr Heimatland der Engel, der gemeinsame Schulweg am Morgen, jener klare Blick, der Vertrauen einflösste, um sich dann zu verdunkeln. An vielen Abenden hatte sie zugehört, wie sich ihre Eltern und die Freunde ihrer Eltern über das Exil beschwerten, das so hart war. Sie verstand inzwischen einigermassen, warum das stimmte. Das erste halbe Jahr war schlimm gewesen, sie hatten sogar ein wenig Hunger leiden müssen. Das war jetzt nicht mehr so. Es ging ihnen jetzt besser, der Vater hatte Arbeit gefunden, die Mutter auch, sie selbst hatte die fremde Sprache sehr schnell gelernt und ging ohne Schwierigkeiten in die Schule. Nach und nach hatten sie sich alle drei an die neue Situation gewöhnt. Doch war für Ana María das Exil immer noch härter als für die anderen, ganz einfach deshalb, weil der Engel nicht mehr da war.
Immerhin gab es eine gute Neuigkeit: Überraschend tauchte Onkel Eduardo wieder auf. Sie traute sich nie, ihn zu fragen, ob er freigelassen worden oder einfach geflohen war. Sie zog es vor, zu glauben, er wäre geflohen und wie in den Fernsehserien in einem Fluss untergetaucht, wo er, um sich vor den rie-

sigen Hunden in Sicherheit zu bringen, die ihn verfolgten, durch einen hohlen Halm Luft holte. Onkel Eduardo freute sich sehr, sie zu sehen. Sie freute sich auch, doch fand sie, dass er müde und zittrig aussah, beinahe als wäre er krank. Einmal fragte Esther ihn nach Onkel Sebastián, und da schien Onkel Eduardo aufzuleben oder zornig zu werden, als er ihr antwortete, er wolle lieber nicht von diesem Subjekt sprechen. Und nach und nach kam er damit heraus: Onkel Sebastián war ein Spitzel gewesen. Esther meinte darauf ohne viel Überzeugung, dass sie das von ihrem Bruder nicht glauben könne. Ana María vermisste ihren Engel: Wie gern hätte sie ihm die beeindruckende Neuigkeit erzählt.
Monate später jedoch, als es endlich Herbst geworden war und Ana María nachdenklich unter den Kastanienbäumen einer breiten und sehr belebten Strasse entlangging, fühlte sie plötzlich, wie ein merkwürdiges Wohlbefinden sich ihrer bemächtigte, so als habe diese Stadt auf einmal den gleichen Geruch wie die Strasse auf der anderen Seite des Ozeans, in der ihre Schule stand. Bevor sie ihn sah, wusste sie, dass er es war. Da sass er auf einer Bank, ihr Engel, vielleicht ein bisschen rundlicher und weniger blass, doch seine Augen waren glücklicherweise ganz heiter.
Ana María konnte einen kleinen Freudenschrei nicht unterdrücken und fing sofort an, ihm haarklein ihre zwei Jahre Exil zu erzählen und ihm Hunderte von Fragen zu stellen. Geduldig hörte ihr der Engel zu, doch war es nicht zu übersehen, dass er von Zeit zu Zeit abwesend wirkte. Als Ana María einmal Luft holen musste, nutzte er die Gelegenheit, um zu sagen: »Ich bin im Gefängnis gewesen.« Ana María brauchte einen Augenblick, um ihre Überraschung zu überwinden, dann fragte sie, ob er ein politischer Gefangener gewesen sei. »Nicht direkt«, sagte der Engel, »als du weggingst, war ich plötzlich arbeitslos, denn ich erhielt keine Erlaubnis, dir zu folgen, warum, habe ich nie erfahren, und da haben sie mir als Übergangsarbeit aufgetragen, einen politischen Gefangenen zu bewachen.«
Ana María wollte fast nicht glauben, dass der Engel gesprochen hatte, doch wahrhaftig, er hatte gesprochen. Mit einer Stimme, die genauso klar war wie seine Augen, wenn sie sich nicht verdunkelten. Sie fragte ihn, wie es im Gefängnis war,

und er sagte: »Schrecklich.« Und weil sie so oft die Litanei ihrer Eltern über dieses Thema gehört hatte, getraute sich Ana María zu fragen, ob er gefoltert worden war. »Ja und nein. Sie sind zwar Experten, doch in meinem Falle konnten sie ja keinen Körper foltern. Dafür haben sie meinen Erinnerungen wehgetan, meiner Freundlichkeit, meinem Lachen. Nie werde ich die Nacht vergessen, in der sie mein Vertrauen von oben bis unten aufschlitzten. Die Wunde ist immer noch nicht ganz vernarbt.« Ana María fragte ihn, ob er im gleichen Gefängnis gewesen war wie ihr Onkel Eduardo. »Ja, genau da war ich. Er glaubt nicht an mich, das hast du mir ja schon einmal erzählt, doch ich glaube meinerseits wohl an ihn, er ist ein bewundernswerter Mensch.« Es gefiel ihr sehr, dass er redete. Ein sprechender Engel. War das nicht wunderbar? Jetzt lohnten sich die Entbehrungen des Exils. Dabei fiel ihr auf, dass der Engel im Gegensatz zu Onkel Eduardo gar nicht kränklich und nervös wirkte; nur laute Rufe und Autohupen ließen ihn zusammenfahren, und auch die Kastanien, die manchmal von einem der höheren Äste fielen. Und während der wenigen Male, in denen sich seine Augen verdunkelten, schien es ihr, als nehme sie einen fast harten Ausdruck wahr. Doch beherrschte er sich sofort wieder; weil er so viel hatte leiden müssen.

Er hatte niemals Flügel besessen, oder sie waren zumindest nicht zu sehen gewesen, doch empfand ihn Ana María, der dieser berufliche Mangel vorher nie aufgefallen war, erst jetzt als flügellos. Und auch die Tatsache, dass er jetzt sprach, musste etwas zu bedeuten haben, da war sie sich sicher, doch konnte sie sich nicht zusammenreimen, was es bedeutete. Auf jeden Fall war sie, trotz dieser kleinen Veränderungen, zufrieden, ja beinahe glücklich. Europa war mit Engel viel unterhaltsamer als ohne.

Um ihre Zweifel zu überwinden, begann sie, Pläne zu machen. Sie hatte zwar jetzt noch kaum Gelegenheit zu sparen, denn die Eltern verdienten nur sehr wenig, und niemand in der Familie durfte von Reisen oder Ferien träumen, nicht einmal von einem bescheidenen Fahrrad. Doch sie würde arbeiten und sich irgendwie ein bisschen Geld verdienen und sparen. Mit dem Engel in die Berge oder ans Meer zu fahren oder in einen dieser Vergnügungsparks zu gehen, die hierzulande so gut ausstaffiert waren, all das war Teil einer Zukunft geworden, die erreichbar war.

Doch musste sie feststellen, dass die Begegnungen mit dem Engel hier nicht so regelmässig waren wie bei den früheren Spaziergängen. Manchmal verging eine ganze Woche, ohne dass er auftauchte. Ana María lebte in ständiger Erwartung, und wenn er schliesslich erschien, gab sie sich alle Mühe, ihre Besorgnis nicht zu zeigen. Sie bildete sich ein, der Engel könne, wenn er merke, wie sehr er vermisst und geliebt wurde, eingebildet, hochnäsig und unerträglich werden; genau so also, wie das mit den meisten Wesen geschieht, vor allem denen aus Fleisch und Blut. Und Ana María beschloss, ein bisschen auf die guten Manieren ihres Engels zu achten, ein bisschen der Schutzengel ihres Schutzengels zu sein.

Wenn er endlich auftauchte, stellte ihm Ana María vorsichtige Fragen, um herauszufinden, wie er seine Tage verbrachte, doch war der Engel in letzter Zeit merkwürdig zurückhaltend geworden. Nur indem er ihr Fragen über Onkel Eduardo stellte, zeigte er ein wenig Interesse, was der denn jetzt mache, ob er arbeite, wo er wohne. Sonst hörte er nur den Geschichten zu, die Ana María ihm erzählte, und die vielleicht weniger interessant und zusammenhängend waren als früher, weil sie jetzt immer gegen die Angst ankämpfte, den Engel zu langweilen. Und wenn er ohne die geringste Verlegenheit gähnte, spürte sie, dass sie versagte, und das Herz zog sich ihr zusammen. Vor lauter Sorge wurde sie immer dünner, und das merkten schliesslich auch Agustín und Esther, denen, weil sie noch immer nichts von dem Engel ahnten, nichts Besseres einfiel, als ihre Tochter zum Arzt zu bringen, einem Landsmann natürlich, denn alle anderen kosteten eine Unsumme.

Der Arzt betrachtete sie, nicht wie man ein Mädchen betrachtet, das im Begriff ist, den Kinderschuhen zu entwachsen, sondern eher, wie man eine Blumenvase ohne Blumen betrachtet. Er tätschelte ihr den Kopf und begann ihr die idiotischsten Fragen zu stellen, warum sie zu Hause so wenig esse und ob sie in der Pause ihre Kekse nicht zu schnell hinunterschlinge, und schliesslich — mit einem Augenzwinkern zu ihrer Mutter hin —, ob sie vielleicht verliebt sei. Allgemeines Gelächter. Ana María verachtete ihn so gründlich, dass sie nicht einmal rot

wurde. Auf jeden Fall sagte sie, als sie auf die Strasse traten und Esther sie fragte, wie sie sich fühle, dass es ihr gut gehe, doch in Wirklichkeit dachte sie darüber nach, ob sie vielleicht tatsächlich verliebt war, wie der Doktor gefragt hatte. Verliebt in den Engel natürlich. Sie dachte darüber nach, bis sie zu Hause ankamen, wo sie einen Wolfshunger vorschützte und ausgiebig ass, nur damit man sie in Ruhe liess.
Diesmal blieb der Engel zehn Tage verschwunden. Manchmal ging Ana María mit Onkel Eduardo spazieren, doch nie sprachen sie über den Engel. Einmal jedoch kam Onkel Eduardo von sich aus auf dieses Thema. Er fragte sie, ob ihr die Phantasie von Sebastián etwa immer noch durch den Kopf gehe. Ihr fiel auf, dass er Phantasie sagte, und nicht Blödsinn oder Dummheit, nur um ihr nicht wehzutun. Ana María lächelte nur und erinnerte ihn daran, dass ihr die Engel immer schon gefallen hätten, also wer weiss. Onkel Eduardo lachte offen und sagte nur, dass sie immer hübscher werde, und dass es nicht mehr lange dauern werde, da würden in ihrer Nähe andere Engel flügellahm werden. Sie getraute sich nicht, ihm zu gestehen, dass ihr Engel gar keine Flügel hatte. Ausserdem befiel sie eine gewisse Furcht, er könne ausgerechnet jetzt erscheinen, wo sie mit ihrem Onkel spazierenging, und dass dessen Gegenwart ihn erschrecken könne. Doch keine Spur von ihm.
Am nächsten Tag hingegen tauchte er auf, als sie wieder einmal allein durch die Kastanienallee ging. Ana María hatte den Eindruck, dass er sie auch diesmal erwartete. Sie wollte schon beginnen, ihm die Geschichte mit dem Arzt zu erzählen, doch kam der Engel ihr zuvor. Er war in jüngster Zeit sehr gesprächig geworden. »Ich habe dich erwartet, um dir etwas zu sagen. Etwas sehr Wichtiges.« Ana María spürte, wie ihr zuerst ein kalter Schauer den Rücken hinablief, und wie ihre Wangen dann zu glühen begannen. Sie lehnte sich gegen einen Baum, um die Nachricht in Empfang zu nehmen. »Ich werde nicht mehr wiederkommen.« Ana María glaubte, nicht richtig gehört zu haben. Doch wiederholte er: »Ich werde nicht mehr hierherkommen.« Und weil sie stumm blieb, meinte der Engel hinzufügen zu müssen: »Ich kann nicht mehr dein Schutzengel sein.« Ana Marías »Warum?« klang wie ein Schluchzen. »Weil ich von jetzt ab der Schutzengel von jemand anders sein

werde.« Sie holte tief Luft, bevor sie fragte: »Von einem anderen Mädchen?« »Nein. Von einer anderen Frau.« Ana María befiel eine gelinde Verzweiflung. Sie fühlte sich in der Lage, es mit einem anderen kleinen Mädchen aufzunehmen, doch nicht mit einer Frau. Zu allem Überfluss waren die Augen des Engels auch noch ganz heiter, während die Ihren sich verdunkelten. »Das bedeutet, dass ich befördert worden bin«, sagte der Engel, »der Schutzengel einer Frau zu sein, ist eine grosse Verantwortung.« »Herzlichen Glückwunsch«, sagte sie und es gelang ihr noch, hinzuzufügen: »Aber kommst du vielleicht ab und zu mal vorbei, auch wenn es nur für einen kurzen Besuch ist?« »Nein. Das ist verboten«, sagte der Engel ohne jedes Bedauern. Die nächste Frage war nur noch ein Stammeln: »Und wie ist diese Frau?« »Sie ist schön, sehr schön.« Genau in diesem Augenblick schien es Ana María, als habe der Engel jetzt Flügel. Zwar nicht auf dem Rücken, sondern in den Augen. Er hatte den Blick von jemandem, der fliegt. Das war dann doch zu viel. Sie konnte nur noch »Tschau« sagen und weglaufen.

Vier Tage lang weinte sie Ströme von Tränen, allerdings immer nur heimlich. Am fünften Tag befiel sie die Angst, dass die Trauer sie noch dünner werden lassen könnte, und man sie dann wieder zu dem Arzt bringen würde, der so dumme Fragen stellte. Also beschloss sie, das Weinen ein für allemal einzustellen. Am sechsten Tag, als sie wieder einigermassen hergestellt war, machte sie einen Spaziergang mit Onkel Eduardo. Sie gingen nicht durch die Kastanienallee. Sie schlug einen anderen Weg vor, an den Holzbuden vorbei, wo Bücher verkauft wurden und wo sie ein Weilchen herumstöberten. Dann gingen sie in ein Café. Es war ein angenehmer, sonniger Tag. Die Menschen sahen freundlich und elegant aus. Die Martinshörner der Feuerwehrautos klangen wie hochherrschaftliche, gefühlvolle Walzer. Die Schosshündchen kläfften zufrieden, nachdem sie den Baum ihrer Träume begossen hatten und wieder zu den blitzenden Stiefeln ihrer Frauchen zurückgekehrt waren. Sogar die Polizisten fühlten sich bemüssigt zu lächeln. Onkel Eduardo bestellte für sich ein Bier, und für Ana María ein Zitroneneis.

»Weisst du was, Onkel?« sagte Ana María. »Ich glaube, du hast immer schon Recht gehabt. Es gibt sie nicht.«

Wanderungen

Seltsamer Landstrich

Mir fremdes Land / das mir zur Seite ist
Land der andern das mich nun umgibt
das tut als bemerke es mich nicht und mich bewacht
das nichts erwartet, jedoch fordert
das manchmal meinem bisschen Zuversicht misstraut
das heimliche Gerüchte nährt
und mit arglosen Augen verhört
das, wenn es Nacht ist, den abnehmenden Mond verbirgt
und mich, wenn die Sonne scheint, aus meinem
   Schatten vertreibt

Altes geborgtes Land / schlaflos / vergesslich
dein Friede geht mich nichts an und nichts dein Krieg
du bist ausserhalb meiner / in meinen Vorstädten
und wie meine Vorstädte umgibst du mich
Land hier an meiner Seite / so weit entfernt
wie ein Verkannter der nicht versteht

und dennoch lässt du Kindheiten oder schwache
   Ahnungen herantreten
die ich erkenne als wären es meine
und Frauen und Männer und Mädchen
die mich umarmen mit all ihren Gefahren
und sie schauen mich an während sie sich
   anschauen und betreten
ohne Ungeduld meine neuen Gerüste

Vielleicht lehrt die Zeit
dass weder diese vielen noch ich selber

fremd gegensätzlich seltsam sind
und dass die schwere Fremdheit
etwas Heilbares ist oder zumindest erträglich

Vielleicht lehrt die Zeit
dass wir Bewohner
eines seltsamen Landstriches sind
wo niemand mehr
sagen will:

      Land der andern

Ballade

Es war auf dem Paseo Marítimo, dass ich sie zum ersten Male sah. Sie sahen zwar nicht gerade wie zwei Turteltäubchen aus, denn er mochte fünfunddreissig sein, und sie war nicht viel jünger, doch gaben sie das lebendige Bild eines Paares ab, das sich gut versteht, ohne dass sie dazu eng umschlungen gehen oder alle paar Meter stehen bleiben mussten, um sich zu küssen. Ramírez fragte mich, ob ich sie kenne, und als ich, mein Schinkenbrot kauend, den Kopf schüttelte, das ist aber komisch, mein Lieber, es sind doch Landsleute von dir, als ob ich den ganzen Exilkreis kennen müsste, und angesichts meiner Unkenntnis vervollständigte er den Bericht, der Mann war Architekt und hiess Matías Falcón, und sie Zeichnerin, Patricia Arce. Drüben waren sie, Bewohner deines und meines Viertels, im Gefängnis gewesen, unabhängig voneinander, er sechs, sie viereinhalb Jahre, und es mag zwar komisch erscheinen, doch haben sie sich erst hier in Spanien kennengelernt, und jetzt sind sie schon über ein Jahr zusammen, sie wohnen in der Nähe der Plaza, in einem Studio mit viel Licht, doch das Haus ist total altersschwach, fünfter Stock, kein Aufzug, alles was recht ist, das ist nichts mehr für mich, so eine Plackerei, und ausserdem sind sie Sonderlinge, schloss Ramírez seine Rede. Dem Äusseren nach zu urteilen, fand ich sie ganz normal, doch er meinte nur, klar, du siehst sie mal eben im Vorübergehen und hast schon dein untrügliches Urteil parat, ich dagegen kenne sie schon eine ganze Weile, habe gemeinsam mit ihnen an mehreren Zusammenkünften teilgenommen, ich sag dir, sie sind sonderbar. Er fügte jedoch keine klärenden Einzelheiten hinzu, noch bat ich ihn darum. Die Tatsache, dass es sich um Landsleute handelte, berechtigte mich weder dazu, in ihrer

Vergangenheit herumzustochern, noch darin, was sie in ihren parallelen Lebensläufen erlebt hatten.

Vom ersten Augenblick an hatte mich diese Stadt erobert, mit ihrem Geruch nach ranzigem Käse und frischem Fisch, und einer Mittelmeeratmosphäre, die dir bis in die Ohren dringt. Ausserdem gab es hier, wie Ramírez meinte, die Gelegenheit zu arbeiten, und man sieht wenigstens das Meer, sag bloss nicht, dass dir das Meer nicht fehlt. Natürlich fehlt es mir, Madrid ist toll, oder besser gesagt, es wäre toll, wenn es an der Küste läge, weisst du, es ist eine angenehme Stadt mit Atmosphäre, die ihren kulturellen Frühling geniesst und auch eine Menge Schwimmbäder hat, aber ein Schwimmbad verhält sich zum Meer wie eine Kaulquappe zum Krokodil. Ich bin ja fast so etwas wie ein eingebildeter Kranker, sagte Ramírez, und manchmal überfällt mich ein Überdruss, der nicht mal mit der Siesta weggeht und den ich Grundüberdruss nenne, und weisst du, wie ich den loswerde, ich gehe einfach in eine der Strassen, von denen aus man das Meer sieht, und dann schaue ich es an und lache leise in mich hinein, ich sehe und atme es.

Nach und nach gewöhne ich mich an diesen Markt, der seine Eigenheiten hat wie jeder andere auch, und als ich meine alten Talente als Werbefachmann spielen liess, begriff ich bald, dass ich einen nicht zu unterschätzenden kleinen Vorteil hatte, hier kennt niemand die Slogans, die ich und die geschätzten Kollegen in den sechziger Jahren in Montevideo vor dem Militärputsch, erfunden und verwendet hatten, ich brauche nur die sinnvollen Anpassungen an die Umgebung vorzunehmen, denn das, was in Südamerika gut war, um Caramelpudding zu verkaufen, wird mit leichten Veränderungen auch dazu taugen, im Mutterland Süssspeisen unter die Leute zu bringen, und wer Süssspeisen unter die Leute bringt, bringt auch Shampoo oder Kriegsspielzeug unter die Leute, da ist alles ein und dasselbe, nicht zu fassen, dass diese guten Leute, die die Inquisition, den Bürgerkrieg, Franco und Rapsöl, Dürre und Hochwasser überstanden haben, nicht einmal unsern Caramelpudding kennen, und schon ist der Entschluss gefasst, sobald ich ein paar Peseten zusammenhabe, wird eine kleine Fabrik eröffnet, klein aber fein, die unsere Nationalsüssspeise produziert.

Eines Morgens, als ich im Stammsitz der Firma Ledesma, Milchprodukte aller Art, hitzig über ein Werbekonzept diskutierte, sah ich Patricia Arce wieder, die im Auftrag des Büros, in dem sie arbeitete, einen Entwurf vorstellte. Der Geschäftsführer sah aufmerksam von einem Entwurf zum anderen und entschied sich dann für meinen, das wäre ja auch noch schöner gewesen. Ihrer war unvergleichlich besser, vom ästhetischen Standpunkt aus betrachtet, doch bewies meiner, oder besser gesagt, der, den ich meinem Zeichner vorgeschlagen hatte, der ihn seinerseits nur widerwillig ausführte, weil seiner ehrenwerten Meinung nach meine geniale Idee ein Schmarren war, also meiner bewies, wenn nicht eine grössere Kenntnis des landläufigen Geschmacks in Spanien, so doch ein breites Wissen über den Geschmack von Geschäftsführern.
Und es tat mir natürlich ein bisschen leid, denn der abgelehnte Entwurf stammte von ihr, und vor allem war sie meine Landsmännin, und so lud ich sie zur Entschädigung auf eine Horchata ein, und unerwarteterweise nahm sie die Einladung an, unter der Bedingung, dass sie anstatt der Horchata einen Milchkaffee trinken könne, weshalb ich sie unter die Altmodischen einstufte, und sie schlug mir vor, ins »Siena« zu gehen, denn da hatte sie sich mit ihrem — hier zögerte sie ein wenig, so dass ich aus Mitgefühl nieste und ihr half, die Hürde zu überspringen — mit ihrem »Compañero« verabredet. Natürlich gingen wir ins Siena, und wir nutzten den Spaziergang über sieben Querstrassen im Schatten der Bäume, um unsere persönlichen Geschichten auszutauschen, sie hatte drüben bei niemand Geringerem als Tomasito Boggio Grafik studiert, dem Architekten und talentierten, aber verkannten Maler, den ich bestens kannte, der sich in den letzten Zeiten vor dem Putsch aus Enttäuschung, dass man ihn nicht im Salon Nacional ausstellen liess, dem Handel mit Immobilien gewidmet hatte, bis eines Samstags die Polizei Wind davon bekam, dass er in einer leeren Wohnung geheime Versammlungen abhielt, was ihn für volle fünf Jahre hinter Gitter brachte, obwohl ihn nichts und niemand von seiner Version abbringen konnte, dass er die Wohnung nur ein paar jungen Leuten gezeigt hatte, die einen geeigneten Ort für einen Schachklub suchten. Patricia sprach nicht von ihrer Zeit im Gefängnis, wir hatten uns ja

gerade erst kennengelernt und man kann nie wissen, und ausserdem kam jetzt Matías hinzu, nachlässig gekleidet, aber aufmerksam, doch mit einem grauen, kurzsichtigen Gesichtsausdruck, als versuche er vergeblich, sich selbst aus einer Melancholie zu befreien, er wurde als »mein Compañero Matías« vorgestellt, und ich als »der Landsmann, der mir gerade einen Job weggeschnappt hat«, sehr erfreut, ach, Sie sind Grafiker, meinte Matías ohne Feindschaft, und ich musste alles erklären, meine frühere und meine derzeitige Beschäftigung, meine drei Jahre selbstgewählten Exils, die Gründe, warum ich mich hier niedergelassen hatte, meine Liebe zum Meer, dem Meer überhaupt. Er meinte nur, natürlich hat das Meer immer etwas Anziehendes, doch sagte er es im Tonfall von jemandem, der den Kopf nicht voller Dünen und Möwen, sondern höchstens voller Windsurfing-Postkarten hat, sodass wir eigentlich von vorneherein dazu bestimmt waren, uns nie wiederzusehen, es hätte nur noch gefehlt, dass er Fan vom Penarol-Club gewesen wäre, nein, aus Fussball macht er sich nichts, und trotzdem gefiel er mir, sogar noch ein bisschen besser als Patricia, und das will einiges heissen. Er war gar nicht so zerstreut, wie sein vernachlässigtes Aussehen vermuten liess, obwohl er auch nicht gerade überschäumte vor Gesprächigkeit.

Von diesem zufälligen Zusammentreffen an sahen wir uns häufiger, bald schlossen sich auch Ramírez und seine Frau Emita an, eine herzliche, rundliche Bolivianerin, deren Eltern aus Valencia stammten und die eine entfernte Erinnerung an ihre Kindheit in Tarija behielt, und einen Monat später waren wir dann schon sieben, denn es kamen Pepe und Alicia hinzu, aus Chile und das einzige wirklich legale Ehepaar der Gruppe, und weitere zwei Monate später sind wir schon acht, denn ich entschliesse mich dazu, Montse einzuführen, die einzige, die von hier stammt und die in jüngster Zeit unbeirrt meine — jetzt möge bitte jemand niesen — Compañera geworden war. Es kam nicht allzu oft vor, dass wir alle gemeinsam ausgingen, denn unsere Arbeitszeit, und damit auch unsere Freizeit, stimmten nur selten überein; wenn Ramírez frei hatte, musste ich arbeiten, und wenn der arme Chilene, der Dolmetscher war, bis zum Hals in Reisegruppen steckte, dann begann für Matías, der einem einheimischen Architekten die Arbeit erledigte, der im Austausch dafür seine Unterschrift gab, die freie Zeit. Mit den Frauen gab es in dieser Hinsicht weniger Probleme, denn sie hielten sich ganz unemanzipiert an die Arbeitszeiten ihrer jeweiligen Männer. Und ausserdem konnten wir uns so gut wie nie darauf einigen, zusammen ins Kino zu gehen, meistens wegen der Synchronisierung, denn da machten Pepe und Alicia und auch Emita keine Zugeständnisse, entweder die Originalversion oder gar nichts, das heisst, sie gingen etwa zweimal pro Jahr ins Kino. In Madrid ist es besser, meinte der Chilene. Das stimmt, da gibt es Untertitel statt Synchronisierung, doch es gibt kein Meer, antwortete Ramírez, der sich gern wiederholte und der aus Mar del Plata stammte, und wir anderen begleiteten ihn ins Kino und waren neugierig, ob wir erkennen würden, welche der Darstellerinnen des hochdramatischen skandinavischen Epos mit der Stimme unserer geliebten Biene Maya sprechen würde.

Nur ab und zu traf ich mich allein mit Ramírez, doch war es eines dieser wenigen Male, das er nutzte, um zu fragen, also, wie findest du denn inzwischen Matías und Patricia. Unheimlich nett, antwortete ich, und dass es wirklich ein glücklicher Zufall gewesen sei, sie hier kennengelernt zu haben, wo es doch so wenige aus dem Quartier Latin gab, und weil die Frage in der Luft lag, beschloss ich, ihm zuvorzukommen, findest du sie etwa immer noch sonderbar, und als er zur Antwort nur nickte, fuhr ich wie ein Idiot fort, sie scheinen doch eigentlich ganz glücklich zu sein, oder? Merkwürdig glücklich, ergänzte Ramírez diesmal ohne Neid und mit Sorge in der Stimme, und begann zu erklären. Sie kommen glänzend miteinander aus, sie lieben sich, wer wollte das bezweifeln, sie unterstützen sich gegenseitig, sie ergänzen sich gut, sie machen sich gegenseitig Mut, sie sind sozusagen das Paar schlechthin, und trotzdem. Und hier fing er an, seinem Herzen Luft zu machen, hast du schon mal gesehen, dass sie einen verliebten Blick ausgetauscht hätten, ich meine Liebe im körperlichen Sinne, hmm, hast du etwa mal mitgekriegt, dass sie sich berühren, dass sie sich streicheln, sich bei der Hand nehmen, sich mit der Wange reiben wie alle anderen auch? Na, es gibt eben Leute, die ihre Gefühle für gewöhnlich nicht in der Öffentlichkeit ausleben, antwortete ich, und in dem Augenblick, da ich es sagte, wurde mir klar, dass ich etwas verharmloste, und ausserdem fühlte ich mich wie der Vorstandssprecher von Reader's Digest und der Vereinigung Demokratischer Eltern, so dass ich schnell fragte, und wie erklärst du dir das? Weiss nicht, erwiderte er, ich weiss nur, dass irgendetwas merkwürdig ist an ihnen, aber versteh mich bloss nicht falsch, ich bin sicher, dass sie beide in Ordnung sind, da hab ich absolut keinen Zweifel, es ist nur so, dass ich manchmal, in den kleinen Pausen, wenn wir zusammen sind und alle acht schweigen, das Gefühl habe, als streiften wir eine verborgene Erklärung, und diese Erklärung, die nie kommt und von der ich, offen gestanden, auch nicht weiss, wie sie aussehen sollte, macht mir einen Kloss im Hals, ja, ja, ich weiss schon, du meinst sicher, ich spinne. Da konnte ich ihm endlich antworten, dass ich persönlich diese Beobachtungen nicht gemacht hätte, dass mir aber immer die Augen von Matías und Patricia zu denken gegeben hätten, sie waren glücklich, waren froh darüber, sich zu haben, und, wenn auch in geringerem Masse, darüber, mit uns allen Freundschaft geschlossen zu haben, doch trotz alledem lag in ihren Augen eine hoffnungslose Melancholie, die auch dann blieb, wenn sie lachten.

Unsere Freundschaft für acht Stimmen und sieben Gläser — denn Matías trank nie und bekannte voller Ernst, er habe sich diese schlechte Sitte im Gefängnis angewöhnt, unsere Freundschaft ging ganz normal weiter, mit ihrem Ritual gegenseitiger Einladungen, Kneipenbummel, Diskussionen, der einen oder anderen Landpartie, gemeinsamen Lesungen, gemeinsamen Plänen. Zwei-, dreimal die Woche trafen wir uns im »Siena« oder in dem italienischen Restaurant, das Montse entdeckt hatte, oder in einer unserer jeweiligen Wohnungen, nie sprachen wir viel von Politik, vielleicht, weil die Nachrichten, die aus unserem Süden kamen, noch keine echten Hoffnungen weckten, vielleicht, weil wir keine Lust hatten, an unsere eigenen, noch wunden Gewissen zu rühren.

Eines Abends, als wir zusammen in dem Studio sassen, das Matías und Patricia in der Nähe der Plaza gemietet hatten, kam plötzlich eine dieser Stillen auf, die Ramírez so fürchtete. Mir fiel nichts zu sagen ein, und fast wie zur Entschuldigung begann ich, den Blick über meine Umgebung schweifen zu lassen, wo es, im Gegensatz zu uns oder Ramírez oder den Chilenen, kein einziges politisches Plakat gab, nur zwei Holzschnitte von Frasconi mit seinen herrlichen, wehmütig stimmenden Zugvogel-Schwärmen. Plötzlich sagte Montse, die das Bedrückende jener Stille auch empfand und nicht wusste, wie sie es durchbrechen konnte, gestern habe ich einen Mann aus Córdoba kennengelernt, eurem Córdoba, seit vierzehn Tagen ist er erst hier in Spanien, nachdem er sieben Jahre in einem argentinischen Provinz-Gefängnis verbracht hat, und da haben sie alles mit ihm angestellt. Da empfand ich, empfanden wir ein merkwürdiges Gefühl, so, als liefe einem ein Schauer über den Rücken, doch es war Sommer, keiner sah den anderen an, und plötzlich begann ich, ein kaum wahrnehmbares Geräusch zu hören, einen an- und abschwellenden Ton, und sah, ich weiss nicht, warum, zu Patricia hin, und das Geräusch war ihr beinahe lautloses Schluchzen, bis Matías sich erhob und sich vor sie hinkniete, ohne irgendetwas zu fragen, und ihr einfach die Hand auf die Schulter legte. Pepe machte uns ein Zeichen und wir standen auf, Patricia hob erschöpft den Kopf, entschuldigt bitte, ich weiss nicht, was mit mir los ist, und Matías, dessen Lächeln immer trauriger wurde, sagte nur, sie ist einfach ausgepumpt, hat diese Woche wahnsinnig gearbeitet. Als wir auf die Strasse hinaustraten, sah mich Montse erschrocken an, das war ja schrecklich, ich habe es sofort gemerkt, es war schrecklich, doch warum nur. Ich weiss es nicht, antwortete ich, und ich wusste es wirklich nicht, und so nahm ich sie nur in den Arm, sie zitterte am ganzen Körper, und so umschlungen wie wir waren, gingen wir nach Hause.

Das mit Patricia war nur eine Kleinigkeit, und trotzdem: Von jenem Abend an war die Gruppe nicht mehr die selbe. Matías und Patricia riefen nicht an, und wenn wir sie anriefen, waren sie nicht da, oder sie hatten den ganzen Tag über so viel zu tun, dass sie sich nicht mit uns treffen konnten. Zum Teil stimmte das auch, denn Matías hatte in einem anderen Architekturbüro zu arbeiten angefangen, und im früheren noch nicht aufgehört, doch liess die Abwesenheit der beiden uns alle auseinanderfallen, und so sahen wir uns nur noch durch Zufall, und auch wenn wir weiter Freunde blieben, lud doch niemand mehr die anderen zum Essen oder Ausgehen oder ins

Kino ein, um synchronisierte Filme zu sehen, wir achteten schon gar nicht mehr darauf, ob es welche in Originalversion gab. Doch vergangenen Donnerstag traf ich, als ich aus der Bank kam, Ramírez, hast du's sehr eilig, oder gehen wir zusammen einen Kaffee trinken, und natürlich gingen wir einen Kaffee trinken; das dauerte vielleicht, bis wir zum Thema kamen. Versprich mir, dass du mit niemandem darüber reden wirst, sagte Ramírez, nicht mal Emita hab' ich davon erzählt, doch kann ich es einfach nicht für mich allein behalten, vergangene Woche war ich in Barcelona, und da habe ich einen alten Freund aus Sevilla getroffen, du wirst verstehen, wenn ich dir den Namen gar nicht erst sage, und da haben wir angefangen, vom Exil zu reden und seinen ganzen Schwierigkeiten, einschliesslich denen, die wir ihm hinzufügen, und da kam er auf einen Fall zu sprechen, der ihn wegen seiner menschlichen Dramatik beeindruckt hatte, das waren genau seine Worte, wegen seiner menschlichen Dramatik, ein Fall, von dem er aus Gründen und über Wege gehört hatte, die er mir nicht nennen wollte, so dass mir klar war, dass es um eine sehr intime Geschichte ging, und plötzlich wurde mir klar, dass er von Matías redete, obwohl er den Namen nicht erwähnte, und mein Freund merkte auch nicht, dass ich ihn kannte, doch erkannte ich es an kleinen Einzelheiten, Matías, wie er ihm Gefängnis gefoltert wurde, bis an unvorstellbare Grenzen, Matías, der auf wunderbare Weise wiederhergestellt wurde, als er aus der Haft kam, wunderbar bis auf eins: mit seiner Männlichkeit war es vorbei, auf immer und ewig. Und es ging um Patricia, obwohl er auch ihren Namen nicht erwähnte, doch konnte ich es schliessen, Patricia, die gefoltert, vergewaltigt, zerstört wurde, und die sich dann, als sie entlassen wurde, fast gänzlich wieder erholt hatte, fast gänzlich bis auf eins: Auch für sie war es aus mit dem Sex, einfach unmöglich, was für ein Paar, was, mein Lieber, geboren, um nicht zu lieben, würden die Schmalzblätter schreiben, Scheissleben, verfluchtes, sie kannten sich dort drüben nicht, lernten sich erst in Spanien kennen und erfuhren die Geschichte des anderen, die Hölle, durch die sie gegangen waren, und entschlossen sich, keine Scham voreinander zu empfinden, wozu auch, und darüber zu reden, bis alles gesagt war, und so redeten sie drei Tage und drei

Nächte, gingen es in allen seinen zahllosen und kleinsten Möglichkeiten durch, und ohne grosses Theater und ohne sich oder dem anderen etwas vorzumachen, doch mit unglaublichem Realismus und unerschütterlicher Hoffnung beschlossen sie, das Unmögliche von beiden zusammenzutun und zu leben, oder wenigstens zu leben zu versuchen, und das tun sie jetzt.
Inmitten meines Entsetzens spürte ich, dass sich durch diesen Klatsch die Erklärung vervollständigte und sich bestätigte, dass wir sie merkwürdig gefunden hatten, und auch jenes Schluchzen wie ein an- und abschwellender Ton, und dennoch war der Versuch der beiden ein zu phantastischer Wahnsinn, so dass ich der Meinung war, dass es einfach nicht sein konnte, dass niemand in der Lage wäre, seinen Körper solchen Höhen und Tiefen von Verlangen und Verweigerung auszusetzen, wenn es wahr wäre, hätte es niemals so lange gehen können, und es war eine Sache, dass Patricia angesichts jener unerwarteten Bemerkung Montses über die Folter so massiv zusammenbrach, doch eine zweite, ganz andere, dass sie mit Matías ein so ungeheuerliches Abenteuer durchgestanden hatte. Ramírez meinte, er sei der gleichen Ansicht, doch immerhin könne es in der merkwürdigen Geschichte ja doch ein Teil Wahrheit geben, man vergesse nicht, dass er ja schon auf etwas Merkwürdiges hingewiesen und ich selbst in ihrer beider Blicke eine hoffnungslose Melancholie festgestellt habe. Und nach dem Espresso einen Milchkaffee und dann einen trockenen Sherry und später noch einen Cognac, denn wir konnten einfach nicht aufhören, die Sache hin- und herzuwenden, hatten keine Lust zuzugeben, dass wir zur Lösung dieses Alptraums absolut nichts beitragen konnten. Und bei allem Hin- und Hergerede mussten wir noch einmal feststellen, dass sie trotz alledem glücklich zu sein schienen, es zweifellos auch waren, und so wirkten, als seien sie verliebt ineinander und brauchten den anderen, und dass es einfach nicht sein konnte, dass sich solch heimliche Unmöglichkeiten nicht deutlicher im täglichen Umgang zeigten, so oberflächlich der auch sein mochte, was bedeutete, dass wir sie wieder anrufen mussten wie früher, uns mit ihnen treffen mussten, denn wenn das alles nur eine erfundene Geschichte war, gab es keinen Grund, eine so herzliche Freundschaft und die Harmonie der Clique deswegen zugrun-

de gehen zu lassen, wenn aber hingegen die Geschichte stimmte und die beiden ein höllisches Experiment durchmachten, mussten wir sie umso mehr auffangen, bei ihnen sein, ihnen jeden Tag neuen Mut geben und für unsere Unterstützung eine Athmosphäre, ein Klima voll sensibler Hoffnung, ja sogar fröhlichen Übermuts schaffen, dass uns alle tragen würde, ihnen jedoch eine neue Ebene bot, auf der sie sich von den anderen akzeptiert und gebraucht fühlten. Und natürlich würden wir weder Montse und Emita noch Pepe oder Alicia davon erzählen, unter anderem deshalb, weil es, wenn wir alle eingeweiht wären, unvermeidbar sein würde, so etwas wie Sippenmitleid miteinander zu teilen, und das wäre nicht nur schrecklich, sondern auch völlig nutzlos. Gelang es jedoch, die Beziehung unseres Oktetts auf den Weg zu bringen, den Ramírez und ich uns auszudenken mühten, dann konnte daraus vielleicht ein Konzert entstehen, das so noch nirgends gehört worden war. Zwischen Rauch und Schnäpsen gelang es uns tatsächlich, einen lichten Spalt jenseits dieses sterilen, feindseligen Exils auszumachen, und als wir uns voneinander verabschiedeten, nachdem wir Montse und Emita angerufen hatten, damit sie sich wegen unseres Zuspätkommens keine Sorgen machten, waren wir fest überzeugt, dass Matías und Patricia einen Weg finden würden, und wir mit ihnen.
An jenem Abend assen Montse und ich später als gewöhnlich, und dann arbeitete ich noch eine Weile, während sie schon schlafen ging. Dann lag ich lange wach und dachte, dass das alles nicht wahr sein konnte, auch wenn es so war. Am nächsten Tag wachte ich später auf als sonst, ohne die geringste Ahnung, dass dies ein Scheisstag werden sollte. Es war die arme Emita, die schliesslich alles entdeckte, als sie gegen zehn zu ihnen ging, ohne Ramírez zu wecken, und als im Studio niemand auf ihr mehrfaches Klingeln öffnete, überfiel sie plötzlich eine unsinnige Angst, sie erinnerte sich daran, dass die Hausmeistersfrau einen zweiten Schlüssel hatte, und zehn Minuten später blieb ihr ein Schrei im Halse stecken, als sie das grosse Bett sah, mit den makellosen Laken, auf dem die beiden Körper ruhten, die Gesichter nach oben, nackt und verblüffend jung, mit Narben übersät und trotzdem friedlich, Patricias Hand auf dem Oberschenkel von Matías, Matías' Hand fast

zur Faust geballt, beider Lippen wie zu einem Pakt geschlossen, und geschlossen auch die Augen, die niemals mehr die Schwärme der Zugvögel sehen würden.

Humus

Finte

In den Zeiten der Schlaflosigkeit
in den eiskalten Augen
in der rituellen Geste der Bedrohung
überreicht der Sprecher des Hasses seine Rätsel
schlägt nagend seine Zähne in den Dunst
erlangt wieder die Vorsicht seiner unfühlbaren Angst

In der dunklen Intrige
im nahenden Martyrium
in der für die Bedrohung geöffneten Hintertür
wachsen die Larven des Bösen zur Reife heran
die neuen Hinterhalte organisieren sich
die ausgekostete Blasphemie ertränkt uns

In der neuen Sorge
in der alten Annahme
in der blauen Narbe der Bedrohung
wird die Provinz des Hasses unbewohnbar
und es gibt Delirien die die Zukunft abschneiden
in der Heraufkunft der schlechten Nacht

Dies und der ganze absurde Glanz
der gegenwärtige und unendliche Ekel
dieses tödlich rankende Efeu der Bedrohung
können wieder in die Höhle ihres Ursprungs
    zurückgestellt werden
wenn einer die Sprache des Todes erwirbt
und sie im Leben nicht vergisst

Jules und Jim

Es war an einem Samstagnachmittag, mitten in der Siestazeit, als der erste jener Anrufe kam. Noch ganz benommen hatte er die Hand nach dem Hörer ausgestreckt, und eine weder besonders pathetische noch besonders schrille Stimme hatte den Reigen der Drohungen eröffnet, mit jenem später so oft wiederholten Grüss dich, Agustín, wir legen dich um, vielleicht diese Woche, vielleicht nächste, doch umlegen werden wir dich sicher, tschau, Agustín. Dieses Mal gestattete seine Überraschung ihm nicht einmal, »Hallo« oder gar »Wer ist denn da?« zu sagen, doch beim nächsten Mal, wieder am Samstagnachmittag, konnte er wenigstens »Warum denn?« fragen, und die Stimme antwortete, das weisst du doch genau, spiel nicht den Dummen.
Von da an gab es für Agustín keine Samstagsnachmittags-Siesta mehr. Er überlegte, ob es politische, geschäftliche oder amouröse Motive geben könnte. Doch in keiner dieser Richtungen gab es eine halbwegs vernünftig erscheinende Spur. Seine politische Betätigung hatte sich auf die Teilnahme an einem Basiskomitee im Jahr 1971 beschränkt und war sicherlich eher lau gewesen. Er teilte die Haltung und die Anliegen jener hübschen, engagierten jungen Schar, doch hielt er die hitzigen, endlosen Diskussionen bis Mitternacht kaum aus, und so machte er sich jedesmal aus dem Staub, sobald sich eine günstige Gelegenheit bot. Sicher, er hatte seinen Teil beigetragen und geholfen, so gut er konnte, doch hatte er sich nie für einen wirklichen Aktivisten gehalten. Nach dem Putsch hatte er sich einfach totgestellt.
In seinem Geschäftsleben wiederum gab es auch nichts, was Neid oder Abneigung hätte erzeugen können. In dem bescheidenen Haushaltwarengeschäft, das er von seinem Vater geerbt

hatte, gab es nur wenige Angestellte, und nie hatte er mit seinem Personal Auseinandersetzungen gehabt. Zwei seiner Mitarbeiter wohnten wie er in Pocitos, und mehr als einmal hatten sie sich in den Versammlungen des Stadtteilkomitees getroffen. Mit dem Unterschied, dass sie immer bis zum Ende der Diskussionen blieben, und am nächsten Tag, während der Arbeit, konnte er sich nicht dazu aufraffen zu fragen, zu welchem Schluss sie gekommen waren, einfach deshalb, weil er nicht wollte, dass die Politik in seinem Haushaltwarengeschäft Einzug hielt.

Was die Frauen anging, so hinderte ihn sein Junggesellendasein, das an der Schwelle zu den Vierzigern endgültig zu werden schien, nicht daran, eine beinahe stabile Beziehung mit einer alten Freundin seiner Schwester (die, die heute in Maldonado wohnte und mit einem Zahnarzt verheiratet war) zu haben, deren anziehende Reife er vor fünf Jahren bei einer Reise nach Buenos Aires wiederentdeckt hatte. Seitdem er diese gute und angenehme Verbindung mit Marta eingegangen war, hatte er die flüchtigen und oft riskanten Liebschaften der früheren Jahre sein lassen. So konnte auch sein Privatleben kein Nährboden für Feindschaften oder Erpressungen sein.

Im Kreis seiner Familie gab es gleichfalls keine Probleme. Seine nicht sehr zahlreichen Verwandten lebten allesamt über die Städte und Dörfer der Provinz verstreut: Onkel und Tanten in Paysandú, seine Mutter in Sarandí del Yí, die beiden Schwestern und eine Nichte in Maldonado. Sie alle kamen nur selten in die Hauptstadt, und er hatte seinerseits, beinahe ohne sich dessen bewusst zu werden, die Besuche bei ihnen immer seltener werden lassen.

Anfangs nahm er die neue Situation nicht besonders ernst. Es waren, so sagte er sich, ja nicht mehr die harten Zeiten von 1972, 73, wo solch ungewöhnliche Dinge ganz unterschiedliche und sogar zutreffende Gründe oder Vorwände haben konnten. Immerhin war es ja möglich, dass es sich um einen Scherz handelte, doch welcher seiner wenigen Freunde konnte so gemein sein, ihm über Wochen hinweg einen so üblen Streich zu spielen. Und wenn es eine Erpressung sein sollte, welcher Feind war denn ein solcher Sadist, ihn auf so schamlose, finstere Weise zu quälen? Und ausserdem, wer konnte übersehen, dass der Laden gerade genug zum Leben abwarf, mehr aber auch nicht?

Auf jeden Fall beschloss er, samstagnachmittags seine Wohnung nicht mehr zu verlassen. Seine persönliche Losung war den Umständen angepasst und lautete, dass man dem Sadismus des Drohenden den Masochismus des Bedrohten entgegensetzen musste. Und dieser Starrsinn hatte auch seine Logik: Wenn er samstags verschwinden würde, war die vorhersehbare Antwort des unsichtbaren Angreifers, die Einschüchterungsanrufe auf Dienstag oder Freitag zu verlegen.

Und so begann die Welt für Agustín eine andere Farbe und einen neuen Rhythmus anzunehmen. Wenn er morgens in seinen Laden fuhr, nahm er jetzt nicht mehr den Wagen. Obwohl er sich von Anfang an damit abgefunden hatte, dass alle Vorsichtsmassnahmen überflüssig wären, wollte ihn jemand beseitigen, hatte er doch einige grundlegende Schritte unternommen. Zum Beispiel mit dem Bus zu fahren. Er ging anderthalb Blocks zu Fuss und nahm dann den 121er, der nur selten ganz voll war, so dass er bequem sitzen konnte. Aber es gab doch so viele Fahrgäste, dass ein möglicher Angreifer es sich zweimal überlegte, bevor er auf ihn abdrückte. Aber warum eigentlich abdrückte? Es konnte ihn jemand ja zum Beispiel auch in einem Fahrstuhl erledigen, sagen wir in demjenigen seines Wohnblocks, zwischen dem zweiten und dem dritten Stock oder umgekehrt, und weil sich auch dies nicht ausschliessen liess, begann er den Fahrstuhl nur dann zu benutzen, wenn noch andere Bewohner des Hauses mitfuhren. Und wenn der unheimliche Anrufer nun ausgerechnet ein solcher Bewohner seines Hauses war? Eine Woche lang benutzte er die Treppe, um vom achten Stock auf die Strasse hinunter zu gelangen, doch konnte er sich unschwer vorstellen, dass ein Angriff zwischen den Stockwerken in bestimmten ruhigen Stunden nicht auszuschliessen war. Und so begann er wieder den Aufzug zu benutzen.

Carmen, die Frau, die dreimal in der Woche kam, um zu kochen und die Wohnung sauberzumachen, war schon seit 1970 bei ihm und hatte sein unbedingtes Vertrauen, doch trotzdem stellte er ihr versteckte Fragen nach ihrem früheren Ehemann (Von dem habe ich schon seit über einem Jahr nichts mehr gehört, Don Agustín) und ihrem Bruder (Der ist in Australien, was sollte der Arme auch anderes machen, als Facharbeiter und ohne Arbeit hier!). Einer alten Vereinbarung zufolge kam Carmen weder samstags noch sonntags, so dass sie nie einen jener Anrufe hatte beantworten müssen, und Agustín hatte sie auch nicht vorgewarnt, vielleicht, weil er dachte, sie könne sich erschrecken und ihn im Stich lassen.

Was Marta anging, so kam sie nie in seine Wohnung. Agustín hatte es immer vorgezogen, zu ihr ins Cordón-Viertel zu gehen; sie fragte ihn zwar, warum er nicht mehr mit dem Auto käme, doch gab er als Erklärung nur die hohen Benzinpreise an. Wozu sollte er sie mit seiner Angst anstecken? Doch lernt in einer Beziehung, die so regelmässig und ohne Brüche ist wie die Beinahe-Paarbeziehung der beiden, jeder der beiden Körper die Irritationen und Spannungen des anderen auch ohne besondere Gesten und Worte zu erkennen, und genau das war es auch, was Martas schöner Körper entdeckte. Er sprach von der Arbeit, der Krise, den Gläubigern, den dauernden Abwertungen und so weiter. Doch drei Tage später und zum ersten Male in fünf Jahren versagte Agustín im Bett, und obgleich Marta ihre besten Vorräte an Verständnis und Zärtlichkeit ins Feld führte, wagte er nicht, ihr zu gestehen, dass seine Gedanken oft weit weg waren von dieser Brust und dieser Scham, die so anziehend schienen wie immer.

Kommen und Gehen. Wachsam sein und sich bewacht fühlen. Manchmal ging er ins Kino, ohne sich jedoch auf den Film konzentrieren zu können, ausser wenn dieser von Morddrohungen und Anschlägen, Verbrechen oder Entführungen handelte. Und wenn das geschah, floh er, bevor es zur Aufklärung kam, er wollte nicht wissen, ob das Opfer unterliegen oder überleben würde.

Im Laden gab es nur einmal einen verdächtigen Anruf. Luís, der Kassierer, nahm ihn entgegen. Eine Männerstimme, sie fragte nach Ihnen, Don Agustín, ich habe gesagt, dass Sie gerade eine Kundin bedienen, und da antwortete er, dass es nichts mache, dass er Sie wie immer samstagnachmittags zu Hause anrufen werde, doch wollte er seinen Namen nicht nennen, ein bisschen komisch kam mir das schon vor. Keine Sorge, antwortete er, und dass er schon wisse, wer das sei, und am

Samstag um halb vier rief die gleiche Stimme an wie immer, um ihr Verslein aufzusagen, Hallo, Agustín, wir legen dich um, vielleicht diese Woche, vielleicht nächste Woche, doch umlegen werden wir dich sicher, tschau Agustín. Niemals hängte er sofort ein, sondern liess die Stimme ihre Nachricht zu Ende sagen, doch stellte er auch keine Fragen, denn er wollte vermeiden, dass der andere mit dem Kehrreim zuschlug, das weisst du doch genau, spiel nicht den Dummen.

In vor-telefonischen Zeiten (wie er sie sich selbst gegenüber mit einer seltsamen Nostalgie zu nennen pflegte) war er an den Nachmittagen, an denen er nicht zu Marta ging, nach Hause gekommen, hatte geduscht, sich ein Glas eingeschenkt und den Plattenspieler eingeschaltet. Was die Musik anging, gab es zwei Arten, die ihm gefielen und ihm abschalten halfen: Gitarrensolos und lateinamerikanische Lieder. Bis 1972 hatte er fast täglich Viglietti, Los Olimareños, Zitarrosa, Soledad Bravo, Alicia Maguiña oder Mercedes Sosa gehört. Als die Dinge dann etwas schwieriger wurden, hörte er sie weniger oft, und stets mit Kopfhörern. Er wollte nicht, dass einige neue Nachbarn (die Argentinier vom siebten Stock, die Hochnäsigen vom neunten) aus seinen musikalischen Vorlieben politische Schlüsse zögen. Doch seit die Anrufe begonnen hatten, war ihm die Lust vergangen, überhaupt etwas zu hören, weder Gitarre noch Lieder, gar nichts mehr. Die Dusche ja, und das Glas auch, doch statt Narciso Yepes oder Víctor Jara zog er einen zweiten Schluck und manchmal auch einen dritten vor.

Bis zu jenem Dienstagnachmittag, als er gerade dabei war, den Laden zu schliessen und zufällig Alfredo Sánchez traf, hatte er noch mit niemandem über sein Problem gesprochen. Zehn Jahre lang hatte er nichts mehr von Sánchez gehört, doch liess ihn die Tatsache, dass er ihn traf, und die Freude darüber, dass auch der andere ihn erkannte, seine übliche Zurückhaltung aufgeben. Sie gingen in ein Café, unterhielten sich lange und brachten sich auf den neuesten Stand. Sánchez war im Rodó-Gymnasium sein Klassenkamerad gewesen, als Agustín brillante Noten hatte und der Stolz der Lehrer und vor allem der Lehrerinnen war, während Sánchez regelmässig nur mit grösster Mühe die Versetzung in die nächste Klasse schaffte, und um den verhassten Preis, in den Ferien nacharbeiten zu müssen wie im Arbeitslager. Agustín hatte immer den unausgesprochenen Neid von Sánchez gespürt, oder vielleicht das, was er für Neid oder Abneigung hielt, und das in Wahrheit Zurückhaltung, Schüchternheit, Höflichkeit war. Agustín bot ihm Hilfe an, lud ihn ein, gemeinsam zu lernen und zu wiederholen, doch lehnte Sánchez, stolz und fast schroff, immer ab. Im Vorbereitungsjahr auf die Universität dann, als Agustín sich für Chemie und Sánchez sich für ein Jurastudium entschied, hatten sie sich viel weniger oft gesehen, und vielleicht war ihre Beziehung deshalb in normaleren Bahnen verlaufen. Jahre später, und ohne dass sich Agustín an irgendeinen konkreten Grund erinnerte, hatten sich ihre Wege dann getrennt.

Jetzt, wo sie ihre Geschichte in allen Einzelheiten rekapitulierten, gewahrte Agustín einen seltsamen Widerspruch, und er nannte ihn seinem wiedergefundenen Freund ohne Zögern: Er, Agustín, der ehedem glänzende Schüler, hatte nicht einmal das Vorbereitungsjahr abgeschlossen (nach dem Tod seines Vaters hatte er den Laden übernehmen müssen und konnte nicht mehr studieren, oder vielleicht war es auch einfach nur die Trägheit gewesen, als er merkte, dass sich seine finanzielle Situation normalisierte), während Sánchez, der höchstens ein mittelmässiger Schüler gewesen war und nur mühsam vorwärtskam, es inzwischen zum Rechtsanwalt und zu einer Praxis mit zwei Teilhabern gebracht hatte und bedeutende einheimische und ausländische Gesellschaften beriet, schliesslich viel weiter gekommen war als der bescheidene Haushaltwarenhändler. Und ausserdem hatte Sánchez geheiratet und drei Kinder bekommen, zwei Mädchen und einen Jungen, er zeigte Fotos, hübsche Frau, süsse Kinder. Agustín hingegen, den eingefleischten Junggesellen (es gab keinen Grund, Marta zu erwähnen), erwartete, versteckt, unerbittlich und geduldig, die Einsamkeit, was soll man machen. Und schliesslich, nach langer Unterhaltung, nachdem sie alle Lehrer und Klassenkameraden durch hatten (wusstest du, dass Casenave gestorben ist? — Und die Krake, der Mathelehrer, ist in die USA gegangen, und da schrubbt er Fussböden, und die dicke Moreno hat einen Schiedsrichter geheiratet, ausgerechnet!), nachdem sie die alte Freundschaft wiedergefunden hatten, machte Agustín die Tore des Vertrauens ganz auf und erzählte zum ersten Ma-

le jemandem von seiner privaten Folter. Sánchez schenkte ihm eine Aufmerksamkeit, die Agustín ihm aus tiefster Seele dankte. Und am Schluss der Geschichte (ich weiss inzwischen überhaupt nicht mehr, was ich machen soll, so verwirrt bin ich, und ausserdem, dir kann ich das ja erzählen, habe ich einfach Angst) stand im Gesicht des wiedergefundenen, neuen Alfredo ein offenes, aufmunterndes Lächeln. So kann das mit dir ja nicht weitergehen, was für Aussichten, und sah ein Weilchen nachdenklich vor sich hin, den Blick auf irgendeinen Punkt an der Wand gerichtet. Pass auf, wenn das seit sieben Wochen so geht, und sie dich immer noch anrufen, dir aber noch nichts passiert ist, dann handelt es sich wahrscheinlich wirklich nur um einen Scherz, oder jemand will dir einen üblen Streich spielen. Wenn so etwas geschieht, entwickelt man eine handfeste Angst, doch erfindet man auch, und das ist ja auch ganz logisch, einen gewissen Teil hinzu. Du hast doch immer so die Musik geliebt: Kennst du den Tango von Eladia Blásquez, in dem es um die Angst geht, die wir selber erfinden? »Die Ängste die wir erfinden, bringen uns nur näher zusammen«, heisst es da. Davon halte ich aber überhaupt nichts, denn die Ängste, die wir selber erfinden, sind die gefährlichsten. Von denen musst du dich befreien, und zwar dringend, denn die Ängste, die wir selber erfinden, sind die einzigen, die uns in den Wahnsinn treiben können. Agustín, was für ein Glück, dass ich dich getroffen habe, oder dass du mich getroffen hast, denn ich werde dir aus der Klemme helfen. Diesen kommenden Samstag werden wir etwas zusammen unternehmen. Ich verbringe die Wochenenden immer in der hübschen kleinen Hütte, die wir vor der Stadt haben, fast auf dem Lande. Ich fahre nicht gern ans Meer, weisst du, zuviele Menschen, zuviel Lärm. Mir liegen die Wiesen mehr als der Sand. Ausgerechnet am kommenden Samstag kann meine Familie aber nicht mitkommen, und ich bin nicht gern allein da, du kommst also mit und fertig. Da hast du Bücher, Bilder, Musik, Spielkarten, Fernsehen. Ein Wochenende ohne Überraschungen ist genau das, was dir fehlt.
Und dabei blieb es. Am Samstagmittag, nachdem er das Eisengitter vor dem Geschäft heruntergelassen hatte, wurde er von Sánchez in dessen blitzendem Mercedes abgeholt. In einem

versteckten Lokal der Altstadt assen sie zu Mittag. Das ist ganz unbekannt, meinte Sánchez in beinahe verschwörerischem Ton, aber man isst hier hervorragend. Agustín fand es zwar nicht gerade hervorragend, doch wusste er die Geste und die Einladung zu schätzen. Zum ersten Male seit Wochen fühlte er sich gut. Sánchez die ganze absurde Geschichte erzählt zu haben, war für ihn fast so, als hätte er sie hinter sich. Er fühlte sich freier, beinahe fröhlich. Wie gut, dass ich dich getroffen habe, was, ich war schon drauf und dran, mich einliefern zu lassen, entweder ins Krankenhaus oder ins Irrenhaus oder gleich ins Leichenschauhaus. Red keinen Unsinn, antwortete Sánchez, und ihm blieb nichts anderes übrig als zu lachen.

Der Verkehr auf der Ausfallstrasse war katastrophal, wie er eben am Samstagnachmittag nicht anders sein konnte, doch liess sich Sánchez nicht aus der Ruhe bringen. Was für Musik gefällt dir denn jetzt so? Klassik? Ja, aber vor allem Gitarrenmusik. Und Lieder? Na, Südamerikaner, Lateinamerikaner. Aha, Viglietti, Chico, Los Olimas, Silvio und Pablo? Ja, die gefallen mir alle. Sag mal, Agustín, dein Musikgeschmack war ja immer halb subversiv. Eigentlich nicht so sehr, und ausserdem ist es inzwischen sowieso schwer genug, diese Platten zu bekommen. Natürlich, natürlich, ich bekomme sie aber, ich hab da meine Mittel und Wege, was sagst du dazu?

Die Hütte, stellte sich heraus, war keine Hütte, sondern ein fabelhaftes Haus, mit einem Garten und von einem hohen Holzzaun umgeben. Wegen der Hunde, weisst du, erklärte Sánchez. Die Hunde. Sie waren wirklich beeindruckend, stürzten auf den Fremden zu und fletschten ihre riesigen Zähne, doch Sánchez befahl ihnen, still zu sein. Jules! Jim! Hier muss man solche Biester haben, hilft alles nichts, es hat viele Einbrüche und Überfälle in dieser Gegend gegeben in letzter Zeit, und wir liegen ja ganz schön einsam hier, da beugt man besser vor. Abgerichtet hat sie mein Cousin, der Kommissar (jetzt denk bloss nicht gleich was Schlechtes, he), und sie sind ein echter Schutz, besser als jede Waffe oder Alarmanlage. Nachmittags kommt immer ein Alter her — er muss fast einen Kilometer laufen, doch er sagt, dass ihm das gut tut — und gibt ihnen zu fressen. Ausser an den Wochenenden, da kommen wir ja immer her.

Als er, noch nicht vollständig beruhigt, an Jules und Jim vorüberging (die Namen sind meine bescheidene Ehrung für Truffaut, erinnerst du dich an den Film, der hat mir unheimlich gefallen!), erschrak Agustín über ihre Grösse. Und du lässt sie immer frei herumlaufen? Na klar, angekettet würden sie mir ja nichts nützen. Und wenn wir mit der ganzen Familie hier sind, gehorchen sie ausserdem aufs Wort und greifen nie an, doch wenn die Kinder da sind und in den Garten gehen zum Spielen, dann leine ich sie an, man weiss ja nie.

Das Innere der "Hütte" war urgemütlich. Sánchez zeigte ihm das Zimmer, das er ihm zugedacht hatte, und bot ihm leichte Kleidung zum Umziehen an, du, ich glaube, wir haben dieselbe Grösse, und wenn es kühl wird, machen wir einfach die Heizung an. Während Sánchez die Drinks eingoss, nichts Geringeres als Chivas Regal, sah sich Agustín die Bücher, Schallplatten und Kassetten an. Da gab es für jeden Geschmack etwas. Wer hätte je gedacht, dass dieser verschlossene Knabe, der immer schlecht im Rechnen gewesen war und eher ein schwächliches Kerlchen, sich im Laufe der Jahre zu diesem weltoffenen, gewandten, verständnisvollen Typen entwickeln würde, der zu leben verstand und ihn sogar von seiner eingebildeten Angst zu befreien begonnen hatte? Sieh mal her, Agustín, mit solchen Drohungen ist es wie mit einem bissigen Hund: Wenn du Angst vor ihnen hast, dann fallen sie dich auch an. Wenn du ihnen hingegen ruhig entgegentrittst, dann lassen sie dich in Ruhe.

Als das Telefon schellte, fiel Agustín beinahe das Glas aus der Hand. Sánchez gewahrte seinen Schrecken, ganz ruhig bleiben, mein Alter, hier ruft dich keiner an, auch wenn heute Samstag ist. Er nahm dann selbst den Hörer ab, hörte mit überraschtem Gesichtsausdruck zu, und sagte dann, keine Sorge, ich fahr gleich los, ruf inzwischen schon mal den Arzt an, dann verlieren wir keine Zeit. Es klang eher ärgerlich als besorgt. Was ist denn los? Nichts Besonderes, unser Jüngster hatte gestern abend ein bisschen Fieber, und jetzt ist die Temperatur plötzlich auf fast vierzig gestiegen. Er ist ziemlich zart, weisst du, und meine Frau stirbt jedesmal fast vor Angst, wenn er krank wird. Verdammt nochmal, so schade es ist, ich muss weg.

Ich komme mit, sagte Agustín. Kommt nicht in Frage, du bleibst hier, ruhst dich richtig schön aus, damit du wieder zu Kräften kommst, lies, was du willst, hör Musik — ich habe Segovia, Julian Bream, Carlevaro, Yepes, Williams, Parkening, was du willst. Niemand weiss, dass du hier bist, also wird dich auch niemand anrufen. Der Kühlschrank ist wohlgefüllt mit Fleisch, Gemüse, Obst und Getränken, da könntest du eine ganze Woche lang fürstlich speisen. Ich komme aber auf jeden Fall spätestens morgen nachmittag, um dich abzuholen. Geh aber nicht in den Garten, wegen der Hunde, du weisst, was ich meine. Sie würden dich anfallen, deswegen haben die Fester auch Gitter. Hier drinnen bist du also in Sicherheit. Du brauchst jetzt vor allem Ruhe. Mach's dir bequem, alter Junge.
Sánchez griff schon nach der Tasche, der Mütze und den Schlüsseln, die er bei der Ankunft auf einem Tischchen neben der Tür abgelegt hatte. Bevor er das Haus verliess, gab er Agustín so etwas wie eine Umarmung. Hoffentlich ist es nichts Ernstes, sagte der. Keine Sorge, ich kenne das schon, der Schreck meiner Frau ist schlimmer als das Fieber des Kleinen. Doch ich muss auf jeden Fall hin.
Und als er schon in der Tür war, fügte er noch hinzu, hast du mir nicht erzählt, dass dir die Olimas gefallen? Schau mal nach, da im Regal liegt die Kassette von ihnen. »Wo unser Feuer brennt«. Haben mir ein paar Freunde aus Barcelona geschickt. Die kann ich dir empfehlen, vor allem die B-Seite, das Lied »Dein Weinen« ist wirklich zum Steinerweichen. Und ausserdem ist die Kassette auch verboten, du bist also wirklich privilegiert, lass dir das nicht entgehen.
Mit einem trockenen Schlag liess er die Tür ins Schloss fallen. Agustín hörte die Hunde bellen — Jules! Jim! Still! Aus! — und dann den anspringenden Motor des Mercedes. Die plötzliche Programmänderung verwirrte ihn etwas. Da es aber nun einmal so war, beschloss er, die Zeit so gut wie möglich zu verbringen. Der arme Sánchez mit all dem guten Willen, zu seiner Erholung beizutragen. Er blieb sitzen, trank in kleinen Schlucken seinen zweiten Chivas Regal aus und besah sich nacheinander die Bilder. Es waren in Wirklichkeit Reproduktionen — Miró, Torres García, Pollock, Chagall —, allerdings

ausgezeichnete. Es war an der Zeit, Bilanz zu ziehen. Plötzlich fasste er einen Entschluss. Wenn er es schaffte, sich von seiner eingebildeten Angst und natürlich auch der tatsächlichen zu befreien, wollte er Marta heiraten.
Ein Geräusch am Fenster liess ihn aufschrecken, und er erblickte hinter den Gitterstäben die massigen Köpfe von Jules und Jim. Die beiden Hunde bellten nicht, sondern sahen ihn nur aufmerksam an, so, als sicherten sie eine Beute. Die beiden Bluthunde waren wirklich nicht gerade ein Symbol für Gastfreundschaft, und so begann er, die Schallplatten und Kassetten genauer durchzusehen. Zu dumm, jetzt hatte er ganz vergessen, Sánchez um seine Telefonnummer in der Stadt zu bitten, damit er ihn später anrufen und nach dem Befinden seines Jungen fragen konnte. Trotzdem ging er, wenn auch nicht ganz ohne Misstrauen, zum Telefon und nahm den Hörer ab. Die Leitung war tot. Offensichtlich hatte sie nach dem letzten Telefonat den Geist aufgegeben. Umso besser, dann kann ich wenigstens ganz sicher sein, dass der Samstags-Anrufer sich nicht meldet. Zurück zu den Kassetten. Er wählte eine mit Musik von Segovia und die von den Olimareños, die Sánchez ihm empfohlen hatte. Er legte die des Gitarristen ein und drückte auf *play*.
Mit dem Kassettenschächtelchen in der einen Hand und dem Glas in der anderen folgte er dem Repertoire, während er zuhörte: Fantasie, Suite, Hommage vor dem Grabe Debussys, Variationen über ein Thema von Mozart. Die Gitarre klang angenehm voll und warm in dieser Umgebung, die so makellos war, dass sie fast jungfräulich wirkte, nie bewohnt. Er nutzte den Frieden — der nur vom Anblick von Jules und Jim im Fenster gestört wurde —, um die Aufregung der vergangenen und vorvergangenen Samstage noch einmal genau zu überdenken. Morgen, wenn Sánchez ihn abholen kam, wollte er ihm sagen, dass er sich dank ihm schon frei fühlte von diesen Ängsten, die wir selber erfinden. Es bleibt ihm jetzt nur noch die tatsächliche Angst, doch hat er das Gefühl, dass die weniger schlimm, besser zu beherrschen ist. Die Gitarre verklingt schwer und melancholisch, und der Apparat hält automatisch an.
Er nimmt die Kassette von Segovia heraus und legt die der Olimareños ein. Dabei achtet er gut darauf, dass er die B-Seite er-

wischt, doch bevor er wieder auf die *play*-Taste drückt, schenkt er sich noch einen Chivas ein und nimmt einen tiefen Schluck. Haha, wie angenehm, wie gemütlich sie ist, diese Hütte seines Freundes Sánchez, seines guten Freundes Alfredo Sánchez. Zum Teufel, ich bin betrunken, sagt er sich, als er plötzlich merkt, wie die Konturen des riesigen Regals an Schärfe verlieren, die Farben verschwimmen. Wie es wohl ist, dieses Lied »Dein Weinen«? Endlich drückt er die Taste, erst kommt ein kurzes Stück Rauschen, und dann sagt das hochmoderne Stereogerät nur: Grüss dich, Agustín, wir legen dich um, vielleicht diese Woche, vielleicht nächste Woche, doch umlegen werden wir dich sicher, tschau, Agustín.

Moore

Die Verschwundenen

Sie befinden sich irgendwo / geordnet
ungeordnet / taub
sie suchen sich / sie suchen uns
blockiert durch die Zeichen und die Zweifel
die Umrandungen der Plätze betrachtend
die Schilder der Türen / die alten Terrassen
sie ordnen ihre Träume ihr Vergessen
vielleicht erholen sie sich von ihrem privaten Tod

Niemand hat ihnen mit Bestimmtheit erklärt
ob sie schon tot sind oder nicht
ob sie Schilder sind oder Zittern
Überlebende oder Abgekanzelte

Bäume ziehen vorüber und Vögel
und sie wissen nicht zu welchen Schatten sie gehören

Als sie anfingen zu verschwinden
brauchte es drei fünf sieben Zeremonien
um wie blutleer zu verschwinden
wie gesichtslos und ohne Anlass
sie sahen durch das Fenster ihrer Verschollenheit
was jenseits blieb / jenes Gerüst
von Umarmungen Himmel und Rauch

Als sie anfingen zu verschwinden
wie die Oase in der Luftspiegelung
zu verschwinden ohne letzte Worte
hielten sie in ihren Händen die Überbleibsel
von dem was sie liebten

Sie befinden sich irgendwo / Wolke oder Grab
sie befinden sich irgendwo / ich bin sicher
dort im Süden der Seele
es ist möglich dass sie den Kompass verloren haben
und jetzt irren sie umher und fragen
wo zum Teufel die gute Liebe bleibt
denn sie kommen vom Hass

Zweihunderttausend Unterschriften

Für Federico Alvarez und Elena Aub

1.

Der 21. November 1975 begann in Buenos Aires mit einem kalten, sonnigen Morgen, weniger feucht als gewöhnlich. Wie immer am Freitag waren die Strassen des Zentrums von frühmorgens an ein Durcheinander aus Rufen, Autohupen, eiligen Menschen, Gewimmel vor den Schaukästen der Zeitungshäuser, Zeitungsverkäufern mit ihrem professionellen Geschrei.
Daniel war unterwegs zur »Fragata«, wo er mit Mercedes, Sonia und Andrés frühstücken wollte, und als er die Avenida Corrientes überquerte, sah er, dass die drei schon eines der wichtigsten Ziele erreicht hatten: einen Tisch für vier Personen am Fenster. »Was gibt's Neues?«, fragte er gähnend, während er sich den Schal abnahm.
Sie empfingen ihn mit dem »Clarín« und der »Opinión«, die sie zwischen Kaffeetassen und Croissants auf dem Tisch ausgebreitet hatten.
»Jetzt ist er also endlich tot?«
»Zäh, der Alte.«
»Wie's scheint, hat er es ohne seinen Busenfreund nicht aushalten können«, meinte Andrés.
»Welcher Busenfreund denn?«
»Welcher wohl? Perón natürlich.«
»Ich sag's noch einmal. Zäh, der Alte.«
»Die sind immer zäh. Adenauer, Churchill, Stalin, De Gaulle. Unkraut vergeht nicht.«
»Du wirst sie doch wohl nicht alle in den gleichen Sack stecken?«

»Will ich doch, in den Sack der zähen Alten.«
»Ich habe den Eindruck, du bist heute ein wenig eintönig«, sagte Sonia.
»Eintönig und zäh«, fügte Daniel unter erneutem Gähnen hinzu.
»Mein Alter«, sagte jetzt Mercedes, »hat gestern abend erstmal eine Flasche Rioja aufgemacht, die er extra für diesen Anlass aufgehoben hatte.«
»Der muss aber ein ordentliches Bouquet gehabt haben«, meinte Daniel, »stellt euch vor: Fast vierzig Jahre lang gelagert.«
»Dein Vater stammt also aus Galicien?«, fragte Sonia.
»Nicht direkt. Er kommt aus Huelva«, antwortete Mercedes.
»Das macht keinen Unterschied. Hier sind das alles Galicier.«
»Der Verblichene war aber wirklich einer«, warf Andrés ein.
»Da steht's doch: geboren 1892 in Ferrol.«
Daniel bestellte einen Capuccino mit zwei Scheiben Toast und warf einen Blick auf den Lebenslauf.
»So ein Armleuchter!«
Die anderen sahen sich an.
»Darf man erfahren«, fragte Andrés, »worauf sich dieser so subtile und doch deutliche morgendliche Kommentar bezieht?«
»Auf nichts Besonderes. Und auf alles. Zum Beispiel auf die Zahl der Menschen, die er hat hinrichten lassen. Hier steht, dass er zweihunderttausend Todesurteile unterschrieben hat.«
»Donnerwetter nochmal! Ich schliesse mich dem ›Armleuchter‹ des Herrn Abgeordneten an.«
»Und dabei spricht der Artikel nur von den Illustren.«
»Von den was?«
»Den Illustren.«
»Wenn du es sagst.«
»Stellt euch nicht dümmer als ihr seid«, mischte sich Mercedes ein, »illuster heisst soviel wie berühmt, bekannt.«
»Also gut, Sonia«, schlug Daniel vor, »nenn du mal drei Illustre. Ohne viel nachzudenken.«
»Mal sehn: Leonardo Favio, Astor Piazzolla ... und Lole Reutemann.«
»Als Feministin hast du aber versagt. Nicht eine einzige Frau hast du genannt. Schämst du dich nicht?«

»Wer hat dir gesagt, dass ich Feministin bin? Das hätte gerade noch gefehlt.«
»Jetzt du, Mercedes. Drei Illustre.«
»Cortázar, Ongaro und Eva Perón.«
»Sag mal, spinnst du? Sprich gefälligst leiser.«
»Der leidet schon unter Verfolgungswahn.«
»Jetzt du, Andrés.«
»Nationale Berühmtheiten oder internationale Berühmtheiten?«
»Frag nicht so blöd, sonst bist du auch immer gegen kulturelle Überfremdung. Nationale also.«
»Aha, nationale. Tote oder lebende?«
»Besser quicklebendige. Und Schluss mit dem Auf-Zeit-Spielen. Komm zur Sache.«
»Na gut, ich würde zum Beispiel sagen, Guillermo Vilas, der im Grand Prix führt ...«
»Opportunist!«
»Und Jorge Luis Borges, den Nobelpreiskandidaten ...«
»Opportunist!«
»Und ... Atahualpa Yupanqui.«
»Zum Schluss hast du dich aufgefangen.«
»Und du selber, Daniel, du hast schliesslich angefangen mit den Illustren.«
»Simpel, höchst simpel. Norma Aleandro, Nacha Guevara und Mercedes Sosa.«
»Die Phantasie an die Macht, oder einmal quer durch den Gemüsegarten. Fehlt nur noch ein bisschen Muskatnuss obendrauf. Übrigens bist du der feministischste von allen gewesen.«
»Das gilt nicht, das war nur so zum Spass. Klar waren das drei Illustre, aber die Antwort gilt nur, wenn sie spontan kommt. Und meine war ja nicht spontan.«
»Nur so zum Spass also, was? Der Verblichene aus Ferrol hätte sicher auch seinen Spass mit dir gehabt.«
»Requiescat in pace.«
»Oremus.«

2.

Mit dem Musterkoffer in der Hand begann Daniel seine Runde durch die Schreibwarengeschäfte. Kohlepapier, Schnellhefter, Ringbücher, Tusche, Zeichengerät, Kugelschreiber, Radiergummi, Luftpostpapier, Umschläge, Briefwaagen. Die Einkäufer bestellten mit merkwürdiger Zurückhaltung.
»Die Krise, mein Lieber.«
»Was heisst hier Krise? Ich lebe von meiner Umsatzbeteiligung. Oder wusstest du das etwa nicht?«
»Ich weiss, ich weiss. Aber ich kann trotzdem nicht in gleichem Umfangbestellen wie im vorigen Monat. Der Verkauf ist rückläufig.«
»Ach tatsächlich? Sicher, weil die Leute weniger schreiben. Wem willst du das weismachen, Claudio Peretti? Gerade in Krisenzeiten schreiben die Leute mehr Briefe und bitten um Kredite, Zahlungsaufschub, Hypotheken, Bürgschaften. Und brauchen logischerweise mehr Briefbogen, mehr Kohlepapier, mehr Farbbänder, mehr Radiergummi, mehr Kugelschreiber.«
»Damit du meinen guten Willen merkst: Notier mir fünfzig Kugelschreiber und eine Briefwaage, die hat erst gestern jemand bestellt.«
»Junge, Junge, du bist aber grosszügig!«
»Hast du schon gehört, dass Franco den Löffel abgegeben hat?«
»Versuch bloss nicht abzulenken.«
»Schon gut, ich bestell' noch zehn Ringbücher.«
»Ich wusste es schon.«
»Wie konntest du das wissen, wenn ich es jetzt gerade erst bestelle?«
»Ich meine, ich wusste das mit Franco.«
»Halleluja.«
»Jetzt ist er tot, na und? Für uns ändert das doch nichts.«
»Für Leute wie dich und mich vielleicht nicht. Aber für die Alten, für meinen Grossvater zum Beispiel, ist das etwas ganz anderes. Gestern abend war der alte Herr wie neugeboren. Es ist ihm damals ziemlich dreckig ergangen.«
»Natürlich, das Exil und so.«
»Ja, das sagt sich so einfach: das Exil und so. Das ist eine

Phrase. Sie dagegen haben es erlebt. Mein Grossvater entkam nach Frankreich, als schon alles in Auflösung begriffen war, und verbrachte lange Zeit in Lagern, die mehr oder weniger Konzentrationslager waren. Und zum Glück gelang es ihm, mit dem letzten Flüchtlingsdampfer hierher zu entkommen. Zu Anfang hatte er es verdammt schwer. Erst sechs Monate später konnte Grossmutter mit den beiden Töchtern nachkommen. Eine dieser Töchter ist dann meine Mutter geworden.«
»Dann ist deine Mutter also Spanierin?«
»Ja klar. Mein Alter dagegen ist ein waschechter Italiener.«
»Ah, Peretti Mascalzone. Tu mir noch den Gefallen und bestell ein paar Parker, was? Bei denen mache ich wenigstens einen schönen Schnitt. Prego, Signore.«
»Vier Parker, dann ist aber Schluss. Und jetzt tschau, Daniel, da sind drei Kundinnen, und die werd' ich mir nicht mal wegen dir entgehen lassen. Du hast mich schon genügend ruiniert für heute.«
»Scusi, Peretti. A rivederla.«

3.

Gegen Mittag war die Sonne steil in die engen Strassen zwischen den grauen Häuserblöcken eingefallen, doch um vier Uhr nachmittags bewölkte es sich schon wieder, und Daniel hatte weder Regenschirm noch Mantel dabei. So stieg er vorsichtshalber in den Bus der Linie 59 und konnte es kaum fassen, dass er einen freien Platz fand, auch wenn es nur der mittlere der fünf Sitze in der letzten Reihe war. Mercedes nannte diesen Platz immer den Pharaonenthron für göttliche Reisende, mit einem langen Gang und einem Treppchen davor, und von Passagieren oder Gottheiten eingerahmt, die einen zu beschützen hatten.
Sein Nachbar zur Rechten las »La Nación«, die den Tod des Generalissimus in grossen Schlagzeilen verkündete, und statt den Pharao Daniel aus der 14. Dynastie zu beschützen, versetzte er ihm einen recht kräftigen und gleichwohl kumpelhaften Stoss mit dem Ellenbogen, und zeigte auf das Foto des berühmten Toten.

»Endlich hat der ausgeschnauft.«
Der Pharao stellte, um Zeit zu gewinnen, seinen Musterkoffer umständlich hin und zog sich nebenbei auch gleich die Hosenbeine etwas hoch, weil sich sonst an den Knien hartnäckige Beulen bilden würden.
»Ich hab's schon gehört.«
»Kriegen Sie da nicht Lust, aufzustehen und Hurra zu schreien?«
»Hier etwa?«
»Hier oder wo auch immer.«
»Vielleicht, aber ...«
»Dieser untertänigste Diener hat im Laufe des heutigen Festtages schon siebenmal Hurra geschrien und ist noch lange nicht fertig damit. Siebenmal. Zweimal in der Zentralbank, direkt vor den Räumen der Geschäftsleitung. Dreimal in der U-Bahn, Station Miserere. Einmal auf der Plaza Once, beim Taxi-Stand, und dann noch einmal an der Ecke von Corrientes und Esmeralda, zweitausend Erstaunten genau ins Gesicht.«
»Das muss eine Erleichterung gewesen sein.«
»Mit Erleichterung hat das nichts zu tun. Gerechtigkeit, nichts weiter als Gerechtigkeit! Und dabei stamme ich noch nicht einmal von Spaniern ab, nein, mein Herr. Mein Name ist nämlich Walcott. Patricio Walcott, stets zu Diensten.«
»Und wie kommen Sie zu Ihrem einheimischen Aussehen?«
»Vielen Dank, mein Freund. Was Sie sagen, ehrt mich. Und in gewisser Weise haben Sie sogar recht, vor allem, weil ich in Córdoba geboren bin, nicht in der Calle Córdoba, in der Provinz Córdoba. Und ausserdem ist der erste Walcott mit den englischen Invasoren an den Rio de la Plata gekommen, das heisst, wir haben fast hundertsiebzig Jahre Zeit gehabt, uns anzupassen, meinen Sie nicht auch?«
Zur Linken des Pharao hatte ein anderer Fahrgast, der vielleicht von polnischen Juden oder Weissrussen abstammen mochte, provokativ seine Zeitung aufgeschlagen, so dass das unbewegte Konterfei des Toten dieses Tages zu sehen war, und wartete offensichtlich schon eine ganze Weile auf eine Gelegenheit, sich einzumischen.
»Hier in diesen Breiten könnten wir solche Leute wohl gebrauchen.«

»Wie wen? Wie diesen Typen etwa?«, explodierte Herr Walcott aus Córdoba augenblicklich.
»Jawohl, mein Herr. Dann würde aufgeräumt mit der ganzen Verweichlichung, Korruption und Subversion.«
Die Hände der beiden Kontrahenten trafen sich, einmal als mahnende Zeigefinger, einmal als geballte Fäuste, rücksichtslos, über dem Musterkoffer unseres Pharaonen.
»Der hat hier ja schon seine Musterschüler gehabt. Oder erinnern Sie sich vielleicht nicht mehr an Rojas?«
»Admiral Rojas.«
»Und an Onganía.«
»General Onganía.«
»Das waren vielleicht zwei Gipsköpfe, einer so sehr wie der andere.«
»Das werde ich nicht dulden, haben Sie verstanden? Das dulde ich wirklich nicht.«
»Ach tatsächlich?«
Schliesslich erhob sich der letzte Walcott und schrie, indem er mit beiden Armen zu den übrigen Fahrgästen hinüberfuchtelte, die ihn erschrocken anstarrten oder so taten, als sähen sie ihn nicht, mit seiner Stimme, die fürs Boca-Stadion besser geeignet gewesen wäre als für den 59er Bus:
»Hurra! Franco ist tot! Hurra!«, und, indem er sich vertraulich zu Daniel herabdrehte: »Jetzt sind es schon neunmal.«
Das einmütige Schweigen schloss einige angstvolle und einige lächelnde Gesichter mit ein. Nur ganz vorn der Fahrer hob, ohne sich umzudrehen, einen Arm, und begleitete mit Bassstimme:
»Hurra!«

4.

Als sich Daniel um halb sieben wieder mit Mercedes traf, hatte er den Musterkoffer schon im Büro abgestellt und fühlte sich leicht, optimistisch, solidarisch.
»Solidarisch mit wem?« fragte Mercedes, die frisch gebadet und zurechtgemacht im Café Las Violetas erschienen war und bereit zu sein schien, alles zu verstehen. Oder fast alles.

»Keine Ahnung mit wem. Einfach nur solidarisch.«
»Siehst du? Daran merkt man, dass du aus Uruguay stammst. Daran, und wie du manche Sachen sagst. Wie kannst du dich solidarisch fühlen, ohne zu wissen, mit wem?«
»Solidarität ist auch ein Gemütszustand«, fügte Daniel mit wichtigem Gesichtsausdruck hinzu.
»Aber doch immer in bezug auf jemanden oder wenigstens auf etwas.«
»Hast du dich denn noch nie einfach nur so solidarisch gefühlt?«
»Noch nie.«
»Siehst du? Daran merkt man, dass du aus Buenos Aires stammst. Daran, und wie du manche Sachen sagst.«
»Nachäffer!«
»Na gut, dann will ich mal versuchen, etwas origineller zu sein. Du siehst heute abend phantastisch aus, zum Fressen. Es ist verdammt lange her, dass du so gut ausgesehen hast, so ungefähr fünf Minuten.«
»Typisch, du merkst, dass du verloren hast, und meinst, deine Komplimente könnten dich retten.«
»Jetzt weiss ich's. Ich weiss, mit wem ich mich solidarisch fühle. Mit den Spaniern.«
»Wegen dem Caudillo?«
»Nenn ihn doch bitte nicht so, meine Liebe. Artigas war ein Caudillo, zum Beispiel.«
»Und Facundo Quiroga, zum Beispiel.«
»Zugestanden. Na, und weil ich mich mit den Spaniern solidarisch fühle, möchte ich Sebastián besuchen gehen.«
»Den Alten? Jetzt gleich?«
»Ja, den Alten. Jetzt gleich. Der strahlt sicher. Vierzig Jahre Wut im Bauch, was meinst du?«
»Da wär es mir aber schon langweilig geworden vor lauter Wut.«
»Sebastián aber nicht. Wie ein Löwe hat er gekämpft in der Schlacht von Guadalajara. Und das habe ich nicht von ihm. Hast du noch seine Frau gekannt?«
»Remedios? Erst in den letzten Monaten ihres Lebens, als sie schon sehr krank war und im Krankenhaus lag.«
»Du kommst also mit?«

»Na gut. Wenn du es so wichtig findest.«
»Noch etwas. Lass uns Sekt mitnehmen. Den hat sich der Alte verdient.«

5.

Die Werkstatt liegt im Stadtteil Flores, zuhinterst in einem ärmlichen, aber geselligen Hof. Sebastián arbeitet mit Olivenholz, oder mit dem Holz, das er gerade bekommen kann. Daraus macht er Schalen, Halsbänder, Korkenzieher, Aschenbecher, Drachen, Nussknacker. In seiner Jugend hat er dieses Handwerk gelernt, und während seines ganzen langen Exils hat er davon gelebt.
Wie Daniel und Mercedes näherkommen, hebt der Alte den kurzsichtigen Blick, und als er sie erkennt, winkt er zum Gruss mit dem Stemmeisen, das er gerade in der Hand hält.
»Glückwunsch, Sebastián!«
Da muss nichts erklärt werden. Der Alte legt sein Werkzeug nieder, wischt sich die Hände an der Schürze ab und kommt näher, um sie richtig zu begrüssen, wobei er ein eher müdes Lächeln lächelt.
»Danke.«
»Sind Sie denn nicht zufrieden?«
»Zufrieden? Das ist nicht das rechte Wort. Es ist, als sehe man einen Vorhang niedergehen, wisst ihr. Doch nicht etwa nach einer Komödie, und auch nicht nach einem spannenden Schauspiel. Dies ist das Ende einer Tragödie, und wenn eine Tragödie vorbei ist, kann niemand sich freuen. Viel weniger noch, wenn der Hauptdarsteller so entsetzlich schlecht gespielt hat.«
Die Sätze sind lang gewesen und haben ihn heiser gemacht, und Sebastián kann ein trockenes Husten nicht unterdrücken, er ist es nicht mehr gewohnt.
»Jedenfalls danke ich euch, dass ihr gekommen seid. Das ist eine schöne, solidarische Geste.«
Daniel und Mercedes sehen sich an, doch der Alte bemerkt es nicht, sowieso sieht er von Tag zu Tag weniger.
»Wir haben Sekt dabei, zum Anstossen«, sagt Mercedes.

»Ach herrje, ist das lange her, dass ich sowas getrunken habe, fast erinnere ich mich kaum noch an das prickelnde Gefühl.«
»Also nur zu, Sebastián, dann ist das doch die Gelegenheit.«
»Viele werden's auch nicht mehr sein, die ich noch kriege.«
»Nur nicht klagen«, meint Daniel. »Franco ist fort, Sie dagegen sind noch hier bei uns. Sie haben gewonnen.«
»Mag sein. Aber die Vergangenheit? Die habe ich verloren, und die kommt auch nicht zurück.«
Daniel legt ihm einen Arm um die Schulter.
»Lassen wir's gut sein, Sebastián. Sagen Sie mir lieber, wo die Gläser sind.«
»Dort oben, auf dem zweiten Regalbrett. Aber ich habe nur zwei. Was soll ich auch mit mehr? Auch so ist noch eins zuviel da.«
»Keine Sorge«, sagt Mercedes. »Sie nehmen das Kleinere, und Daniel und ich teilen uns das Grosse. Oder umgekehrt.«
Mercedes spült die beiden Gläser sorgfältig unter dem Wasserhahn im leeren Spülbecken. Daniel schickt sich an, die Flasche zu entkorken, doch macht ihm der Alte ein Zeichen zu warten. Er will sich vorher noch die Hände waschen. Während er sie sich einseift, schaut er mit zusammengepressten Lippen zur Wand. Er lässt das Wasser einige Zeit laufen und trocknet seine Hände sorgfältig mit dem einzigen Handtuch ab.
»So, jetzt bin ich soweit.«
Der Korken fährt mit einem Knall aus der Flasche und trifft einen feuchten Fleck an der Decke des Raumes, zerreisst ein paar Spinnweben und fällt dann auf einen Stapel Holzstücke.
Daniel füllt die Gläser.
»Für mich nur ein ganz klein wenig«, meint Sebastián. »Nur, um euch Gesellschaft zu leisten.«
Daniel hebt die Hand mit dem Glas und findet sich ein bisschen pathetisch, als er sagt:
»Prost. Auf Ihr Spanien, Sebastián.«
Dem Alten zittern die trockenen Lippen, als er mit umwölkter Stimme antwortet:
»Auf euch.«
Daniel gibt Mercedes das grosse Glas weiter, doch sie trinkt nur einen kleinen Schluck.
»Kopf hoch, Sebastián.«

»Ihr wisst ja nicht, wie ich euch dafür danke, dass ihr an mich gedacht habt. Und ich bitte euch um Verzeihung dafür, dass ich nicht fröhlich sein kann. Ich kann es einfch deshalb nicht sein, weil Remedios nicht mehr da ist. Du hast sie gekannt, Daniel. Ich glaube, Mercedes, du auch. Remedios war nicht nur meine Frau. Sie war viel mehr als das. Ihr wisst ja gottseidank nicht, was das Exil ist. Plötzlich den Boden zu verlieren, auf dem man immer gegangen ist, die Olivenbäume, die man hat wachsen sehen, den Geruch, den Geschmack des Windes, die einzigartige Farbe jener Erde. Hier mag es ähnliche Dinge geben, die ich liebe, die mir nahe sind, doch ist es nicht dasselbe. Es sind eure Erde, eure Bäume, euer Wind. Nicht meine. Nicht die von Remedios. Und diese Verstümmelung verdanken wir dem, der seit gestern endlich tot ist, eine verspätete Leiche. Remedios hat ihn gehasst, mit dem Kopf, dem Herzen, dem Magen, dem Bauch. Sie hat ihn noch mehr gehasst als ich, wenn das überhaupt möglich ist. Dieser Hass ist es auch gewesen, der sie all die Jahre am Leben gehalten hat, trotz ihrer schwachen Gesundheit. Dieser Tag wäre ein Festtag gewesen für sie. Und für mich auch, wenn sie jetzt da wäre. Aber wie ihr seht, ist sie nicht da. Und deshalb singe ich nicht, feiere nicht, kann euren Sekt kaum trinken. Denn dieser Hundesohn hat erst dann beschlossen zu sterben, als wir schon nicht mehr zwei waren. Er hat uns alles geraubt, sogar noch diese feste Umarmung, die Remedios und ich uns für diesen Tag versprochen hatten.«

»Sebastián«, hob Mercedes zu sprechen an, doch dann wusste sie nicht mehr weiter.

Nadir

Ohne Erde ohne Himmel

Jesus und ich sind abgesehen von der Entfernung
zwei Bewohner des Exils
und wir sind es aus Vorsicht und aus Träumerei

Etwas hat uns mitten im Wort unterbrochen
und so nehmen wir diese Strafe auf uns
und restaurieren Vitrinen und Erinnerungen

Wir haben weder Altar noch Gnade
Jesus und ich voller Gedanken an ein Volk
manchmal teilen wir das Exil

Wir teilen Brote und Einöden
das Komplizentum und den Judas
das Kamel und das Nadelöhr
die heiligen Thomasse und das Schwert
sogar die Händler und die Wut

das ist weder ein Echo noch eine Abstraktion
es ist fast eine Geschichte

Er Veteran ich unerfahren
gelangen wir als Emigranten zur Zukunft
barfuss und ohne Norden und überrascht

Ich / dunkel und gebrochen / ohne meine Erde
Er / arm seit jeher / ohne seinen Himmel

Fabel mit Papst

Ich bog um die Ecke, und da stand der Papst, gähnend und ganz allein, und lehnte in seinem strahlend weissen Habit an der Backsteinmauer. Ich hatte immer gewusst, dass ich ihn eines Tages treffen würde, doch hätte ich nie gedacht, dass es so bald sein sollte. Er hielt die Augen geschlossen, oder eher halb geschlossen, wie ein Kurzsichtiger, oder wie jemand, den die Sonne blendet. Doch der Himmel war bewölkt.
»Hallo, Heiligkeit«, sagte ich vorsichtig.
Matt hob er zum Gruss die Hand. Er war müde und ohne Ausstrahlung. Ich schämte mich ein wenig, ihn in solch privatem Alleinsein überrascht zu haben. Doch immerhin befanden wir uns ja auf der Strasse, das heisst in öffentlicher Umgebung.
»Was willst du? Einen Segen?«
»Nein, Heiligkeit.«
Er strengte sich an, die Augen ganz zu öffnen. Er schien mir ein wenig durcheinander. Eine Sekunde zuvor hatte er, mit einer nahezu automatischen Geste, seine Hand zum rituellen Kuss auszustrecken begonnen, doch hielt er inne und fuhr sich, nach einem kurzen Augenblick des Zögerns, mit den Fingern über die Stirn.
»Haben Sie Kopfschmerzen?«
»Ja, ein wenig. Die vielen Menschen, es sind einfach viel zu viele. Ich bitte sie zu schweigen, und sie fahren fort mit ihrem Geschrei. Sie lassen mich nicht reden. Manchmal denke ich, sie bejubeln das Gegenteil von dem, was ich gesagt habe.«
»Möchten Sie ein Aspirin?«
»Nein, danke.«
Die Strasse war leer, doch hörte man in der Ferne so etwas wie ein vielstimmiges Gemurmel, mit Hoch- und Jubelrufen, Schreien und Ovationen.
»Wie haben Sie da nur entkommen können, Heiligkeit?«

»Die List des Alters.«
Er lächelte kaum wahrnehmbar, als handle es sich um das Lächeln von jemand anderem.
»Aber es gefällt Ihnen, wenn man Ihnen zujubelt, es gefällt Ihnen, Erfolg zu haben. Das kann man sehen.«
»Mag sein, doch ist es nicht um meiner selbst willen. Der, dem sie zujubeln und den sie lieben, ist der Statthalter Christi, der Nachfolger Petri, der Bischof aus Rom ...«
»Undsoweiter.«
»Ich bin nichts weiter als ein einfacher Hirte.«
»Wissen Sie, das Ganze erinnert mich sehr an Personenkult. Ein richtiges Ritual. Stalin und De Gaulle haben das seinerzeit auch sehr gepflegt.«
Der Papst biss die Kiefer zusammen und sah mich unglaublich hart an. Wäre es nicht der Heilige Vater gewesen, dann hätte ich gesagt, dass sein Blick einen Schuss Hass enthielt, doch handelte es sich bestimmt um Prinzipienfestigkeit oder so etwas Ähnliches. Oder vielleicht gefiel es ihm nicht, dass ich ihn mit De Gaulle verglichen hatte.
»Heiligkeit, manchmal bringen Sie mich ganz schön aus der Fassung.«
»Weshalb?«
»Wegen der Geschichte mit der Abtreibung.«
»Der Tod unschuldiger Wesen ist nicht zu rechtfertigen.«
»Das kommt darauf an.«
»Wer die Verteidigung der unschuldigsten und schwächsten menschlichen Wesen verweigert, die schon empfangen, wenn auch noch ungeboren sind, begeht eine schwerwiegende Verletzung der moralischen Ordnung.«
Mir fiel auf, dass er anfing, seinen berühmten Redestil zu gebrauchen.
»Ich habe den Eindruck, Ihnen sind die ungeborenen Kinder wichtiger als die geborenen.«
»Oh nein. Über die geborenen habe ich gesagt, dass sie Unterweisung in der Religion empfangen müssen.«
»Weiss Eure Heiligkeit, dass in diesem Jahr in Lateinamerika schon mehr als eine Million Kinder gestorben sind?«
»Darüber habe ich irgendetwas im Osservatore Romano gelesen, in einer Fussnote.«

»Und was sagen Sie dazu?«
»Ich mache mir die Worte des Apostels zu eigen: ›Tut nichts aus dem Geist des Eifers oder der Ruhmsucht‹.«
»Sie sterben vor Hunger, Heiligkeit.«
»Die Familie ist die einzige Gemeinschaft, in der der Mensch um seiner selbst willen geliebt wird, wegen dem, was er ist und nicht wegen dem, was er hat.«
»Diese Kinder werden nicht darum geliebt, was sie haben, weil sie nichts haben, und noch viel weniger darum, was sie sind, denn es mangelt ihnen an allem.«
»Die Familie ...«
»Auch die Familie stirbt hungers.«
Erneut strich sich der Papst mit den Fingern über die Stirn.
»Gib mir dein Aspirin, mein Sohn.«
»Bedienen Sie sich, Heiligkeit.«
Er schluckte die Tablette mit einem Ausdruck von Abscheu herunter, nicht wie der Statthalter Christi, der er war, sondern wie der obskure Dorfpriester, der er hätte sein können.
»Wie sagt der Apostel: ›Ich ergötze mich am Gesetz Gottes, dem inneren Menschen gemäss, doch spüre ich ein anderes Gesetz in meinen Gliedern, das dem Gesetz meines Geistes entgegensteht.‹«
»Heiligkeit?«
»Was ist?«
»Warum sind Sie eigentlich so konservativ? Manchmal kommen Sie mir vor wie aus der Zeit vor dem Konzil.«
»Ich von vor dem Konzil?«
»Ja, aber vor dem von Nizea.«
»Welches Nizea? Anno 325 oder anno 787?«
»Sagen wir 787.«
»Na immerhin.«
Jetzt gähnte der Papst wieder.
»Langweile ich Sie?«
»Nein, mein Sohn.«
»Dann sagen Sie mir doch bitte, wie Sie, der Sie Angela Guerrero, die Arme aus Andalusien, seliggesprochen haben, sich danach im Vatikan fühlen, wo Sie so viel Prunk und Pomp umgibt?«
»Prunk und Pomp?«

»Ja. Totus tuus?«
»Ach, woher denn. Alle Güter gehören Gott, und Er verteilt sie an ein paar seiner Verwalter. Das habe ich doch schon gesagt.«
»Ja, aber als Sie es sagten, fügten Sie noch hinzu: ... damit die sie unter den Armen verteilen!«
»Das soll ich gesagt haben?«
»Ja, Heiligkeit.«
»Da habe ich sicher andere Güter gemeint. Wahrscheinlich die geistigen.«
Der Papst hob langsam beide Arme, so, wie wenn er grosse Menschenmengen grüsst.
»Hier ist ausser uns niemand, Heiligkeit.«
Er senkte die Arme und kniff wieder die Augen zusammen.
»Darf ich ganz offen sein?«
»Die Offenheit gehört nicht zu den theologischen Tugenden.«
»Ich verstehe.«
»Nicht einmal zu den Kardinaltugenden.«
»Ich verstehe. Darf ich trotzdem offen zu Ihnen sein?«
Er senkte den Kopf leicht mit einer neoscholastischen Geste der Zustimmung.
»Sie werden entschuldigen, Heiligkeit, aber den Papst Johannes XXIII mochte ich lieber. Johannes XXIII ist nach Christus die Gestalt des Christentums, die mir am besten gefällt.«
Er bewegte langsam die Lippen, als bete er. Doch er betete nicht. Vielleicht sagte er etwas auf Polnisch.
»Ich will nichts weiter sein als ein guter Hirte.«
»Und ein guter Schauspieler, nicht wahr?«
»Das war ich, vor langer Zeit, in Krakau.«
»Und Sie sind es auch jetzt noch.«
»Es ist nützlich, die Erinnerung an die Vergangenheit beständig zu reinigen.«
Jetzt bin ich es, der ein Aspirin brauchen könnte, doch fühle ich mich nicht imstande, dieses trocken hinunterzuschlucken, wie er es gemacht hat. Mir tun die Schläfen weh. Und der Nakken. Der Bischof Roms blickt freudlos auf die alten Pflastersteine, auf denen er steht.
»Ich höre vielen zu, rede mit wenigen und entscheide allein.«
»Und bei diesen einsamen Entscheidungen, sind Sie da unfehlbar?«

»Naturgemäss. Die Unfehlbarkeit des Papstes existiert seit über hundert Jahren, als das erste Vatikanische Konzil sie mit 451 zu 88 Stimmen beschloss.«
»Gut so.«
»Die Unfehlbarkeit?«
»Nein, diese 88. Ich muss gestehen, dass ich immer ein Gegner der Unfehlbarkeit gewesen bin.«
»Aha. Wie Döllinger, Darboy, Ketteler?«
»Wenn Sie es sagen.«
»Wie Hefele und Dupanloup?«
»Ich kenne diese Herren nicht.«
»Aber ich kenne sie.«
Er beäugte seine blütenweisse Robe und sah, dass er sich beim Anlehnen an die Backsteinwand schmutzig gemacht hatte. Er versuchte, den Stoff mit seinen weissen Händen zu säubern, doch breitete sich der Fleck nur noch weiter aus. Er schaute nach oben — es war immer noch bewölkt — und zuckte die Achseln.
An diesem Punkt dachte ich, ich würde gleich aufwachen und mich wahrscheinlich vor einem Fernsehapparat wiederfinden, aus dem heraus, ohne dass ich widersprechen könnte, der Papst sagt:
»Denn die Kirche achtet voll Freude die Bereiche, die nicht die ihren sind ...«
Doch nichts dergleichen. Ich wachte nicht auf. Ich träumte tief und fest weiter. Und so konnte ich sehen, wie der Papst sich langsam die leere Strasse hinunter begab, der fernen Menge, den Jubelnden entgegen. Sein schleppender Gang war der eines alternden Schauspielers, der nach einer leichten Unpässlichkeit auf die Bühne zurückkehrt, um die Rolle des Lear weiterzuspielen, oder die des Titus Andronicus, oder die des Coriolanus oder die von Karol Josef Wojtyla.

Gletscher

Du wirst es nicht umsonst tun

Ach du wirst es nicht umsonst tun

Die Finger gefrieren dir
und das Herz und die Gerüche

Die Nacht gefriert dir
und die Anmassung und die Knie

Das Blut gefriert dir
und die Dämmerung und der Dunst

Das Gähnen gefriert dir
und die Gebärde und die Geilheit

Die Augen gefrieren dir
und der frühe Morgen und der Samen

Die Gewohnheit gefriert dir
und die Liebkosungen und die Zeichen

Der Mond gefriert dir
und das Bäumchen und die Stimme

Die Lippen gefrieren dir
und die Genüsse und das Leben

es ist alles bereit
du wirst es nicht umsonst tun

In Überlingen zu Papier gebracht

Nicht, dass mich die Aussicht besonders fröhlich stimmt, doch vor einer Woche dachte ich noch, dass es schwierig sein würde, jetzt bin ich hingegen überzeugt davon, dass es möglich ist. Warum ich gerade diese kleine deutsche Stadt ausgesucht habe? Vielleicht, weil mein Vater immer von Überlingen gesprochen hat, obwohl er ein ganzes Stück weiter nördlich, in Stuttgart, geboren worden war. Wie schade, dass er nicht als Tourist oder wenigstens als Emigrant nach Montevideo gekommen war, sondern als Matrose auf der »Graf Spee«, im Dezember 1939. Niemals vergass er das Begräbnis der anderen, die in der Schlacht gegen die britischen Kreuzer gefallen waren, und wenn er langsam »Ich hatt' einen Kameraden« sang, so wie er es damals getan hatte, dann verdunkelten sich seine Augen. Viele Jahre lang ging er jeden Sonntag an die Küste, nur um stundenlang schweigend das Wrack des Schlachtschiffes zu betrachten, das da vor ihm aus dem Wasser ragte.
Er gewöhnte sich nie recht ein. In Uruguay blieb er nur, weil er meine Mutter kennenlernte, die aus Minas stammte, und durch die sich seine Trauer, Niederlage und sein Heimweh in Liebe verwandelten. Eine sehr ursprüngliche, einfache Liebe ohne viele Höhen und Tiefen, doch immerhin Liebe. Meine Mutter zeigte erstaunlich viel Mut, denn für alle anderen war mein Vater damals ein Nazi, und die Hochzeit bedeutete für sie den Bruch mit der ganzen Familie. Ich weiss nicht einmal, wer meine Onkel und Tanten oder Cousins und Cousinen sind. Sie hat mir oft von diesen dunklen Jahren erzählt, in denen sie trotz allem nicht nachgegeben hat.
Dass mein Vater ein Nazi war, konnte man weder als Gerücht noch als Verleumdung bezeichnen. Er war es tatsächlich, und zwar bis zu seinem Tod. Nach der Niederlage auf dem Panzer-

kreuzer verharrte er in Wartestellung, doch setzte er sechs Jahre später, als der Krieg vorüber war, einen brüsken Schlusspunkt, obwohl er sich nie ganz von jenem Schock erholt hat. Zeit seines Lebens arbeitete er als Mechaniker in einer Werkstatt in der Aguada-Strasse. Im Laufe der Jahre gelang es ihm, Teilhaber zu werden, und schliesslich war er Alleininhaber. Das war sein Leben. Er kam von der Werkstatt nach Hause, wenn es schon dunkel wurde und verbrachte eine Stunde oder noch länger im Bad, eben so lange wie er brauchte, um sich die Schmiere herunterzuwaschen. Dann setzte er sich zu meiner Mutter in das kleine Gärtchen hinter dem Hause, und das waren die einzigen Augenblicke, in denen ich ihn lächeln sah. Niemals bemühte er sich, richtig Spanisch zu lernen, und wenn er die Sätze aussprach, die für die Arbeit in der Werkstatt unvermeidlich waren, dann hatte er einen noch viel härteren Akzent als die anderen Mitglieder der deutschen Gemeinde. Dagegen lernte meine Mutter ganz leicht Deutsch, und so war dies auch die Sprache, die für gewöhnlich zu Hause gesprochen wurde.

Sowohl mir, der ich 1941 geboren wurde, als auch meinem Bruder, zwei Jahre jünger, versuchte mein Vater seine Überzeugungen, seine Begeisterung, seinen Fanatismus und seine Vorurteile einzuimpfen. Bei mir schaffte er es auch ein gutes Stück weit, nicht jedoch bei meinem Bruder, der immer rebellierte. Der war nicht einmal dazu zu bewegen, abends auf Kurzwelle deutsche Radiosender zu hören. Sobald mein Vater nämlich ein paar Pesos zusammengespart hatte, kaufte er sich ein Radiogerät mit ausserordentlicher Empfangsstärke. Jahre später gelang es ihm, mich auf dem Liceo Militar unterzubringen, doch mein Bruder weigerte sich, dorthin zu gehen, und zog das Rodó-Gymnasium vor.

Um ehrlich zu sein, spielt nichts von alledem mehr eine Rolle, noch ist es das, worüber ich schreiben wollte. Was ich schreiben will, ist vielmehr so etwas wie ein letztes Traktat, fast wie ein Testament. Mein Name ist Alberto (eigentlich Albrecht, doch hat mich ausser meinem Vater nie jemand so genannt) Scheffel, genauer gesagt Major Scheffel, einundvierzig Jahre alt, Deserteur. Dass ich dieses letzte Wort Buchstabe für Buchstabe niederschreiben kann, ist nur möglich, weil mein Vater

nicht mehr lebt, sonst hätte ich es wohl nie gewagt. Nur zu gut erinnere ich mich an seinen schneidenden Blick, als ihm mein Bruder, offen herausfordernd, mitteilte, dass er Mitglied der Kommunistischen Jugend geworden war.
Warum ich zu foltern angefangen habe? Zu sagen, dass ich es aus Gehorsam oder aus Disziplin getan habe, wäre am einfachsten, doch das glaube ich nicht einmal selber. Zu erzählen, dass ich es mit meinem schon recht kranken Vater besprochen habe, und dass er mir seine Erlaubnis, beinahe seinen Segen gab, fällt schon schwerer, doch ist letzlich auch das nicht der Grund. In allen Einzelheiten zu schildern, dass ich mehrere Monate lang an den Kursen der Nordamerikaner in der Panamakanalzone teilgenommen habe, und dass man mich dort überzeugt und ausgebildet hat, stimmt zwar und hat sein Gewicht, doch ist es auch nicht der Kern der Sache. Wenn ich gefoltert habe, dann deshalb, weil ich bewusst beschlossen habe, es zu tun. Niemand musste mich überreden oder mich bitten oder dazu zwingen. Der letzte, lautstarke Streit mit meinem Bruder ging genau darum. Zum Schluss brüllten wir uns gegenseitig die schlimmsten Beleidigungen zu, und nur weil sich Mutter händeringend zwischen uns stellte, gingen wir nicht mit den Fäusten aufeinander los.
Ein paar Jahre lang wandte ich also bewusst das an, was der alte Bordaberry »strenge, zwingende Verhörmethoden« nannte. Ich blieb unverheiratet. Ob es falsch war oder nicht, auf jeden Fall dachte ich immer, dass die Ehe mich angreifbar, verletzlich machen würde. Meine Beziehungen zu Frauen waren gewöhnlich kurz und oberflächlich. Nur ein einziges Mal hätte ich mich fast verliebt, oder vielleicht verliebte ich mich auch tatsächlich. Das war die Geschichte mit Celia — dies ist nicht ihr richtiger Name, aber das spielt keine Rolle. Ihr Ehemann war bei einem Autounfall ums Leben gekommen und hatte ihr eine Tochter hinterlassen, Inesita, die damals vielleicht neun, zehn Jahre alt war. Die Kleine mochte mich sehr, und nie zuvor hatte jemand mit so viel Zuneigung und so viel Erwartung »Alberto« zu mir gesagt.
Auch Celia hatte ihre Erwartungen, und dazu einen nicht zu verachtenden Körper. Sicher dachte sie mehr als einmal, dass es das beste wäre, wenn wir heirateten. Das Dumme war nur,

dass ich sie nicht heiraten wollte. Ich gestehe, dass ich, als ich dieses drohende Manöver verhinderte und einfach nicht mehr in ihrer Wohnung in der Calle Industria auftauchte, zwei wehmütige Sehnsüchte überwinden musste: die nach dem unersetzlichen Körper Celias, klar, doch auch die nach den fröhlichen Begrüssungen von Inesita. Zu jener Zeit war ich erst Leutnant. Ich war misstrauisch, und vielleicht beging ich einen Fehler, doch war es auch nicht besonders verlockend, eine Witwe am Hals zu haben. Celia sah ich nie wieder. Jahre später hörte ich, dass sie einen geschiedenen Bankangestellten geheiratet hatte, der selbst eine Tochter hatte, und dass sich die beiden Mädchen gut verstanden. Umso besser, dachte ich.
Doch ist es auch dies nicht, worüber ich eigentlich schreiben wollte. Oder etwa doch? Auf jeden Fall komme ich der Sache näher. Und was meine alltägliche strenge, zwingende Tätigkeit angeht, so kann ich sagen, dass ich nie Schuldgefühle dabei gehabt habe. Ich entwickelte eine ausserordentliche Fähigkeit, ganz bestimmte Geschehnisse aus meiner Erinnerung zu löschen. In dieses Archiv fanden nur die Dinge Eingang, denen ich das gestattete, und so raubte mir das Bild eines verzweifelten, vor Schmerz heulenden Gefangenen kein einziges Mal den Schlaf oder den Appetit. Es gelang mir auch tatsächlich, einige Informationen aus ihnen herauszuholen, doch viel weniger als erwartet. Nie habe ich so recht verstanden, warum die Menschen so dumm sind und dicht halten.
Warum also bin ich dann hier? Wenn ich mir der Bedeutung und des Wertes meiner anscheinend schmutzigen, doch auch so nützlichen Arbeit wirklich bewusst war, warum habe ich sie dann auf so würdelose Weise verlassen? Dabei will ich klarstellen, dass ich nicht etwa deshalb desertiert bin, um zum Feind überzulaufen, den Reumütigen zu spielen und Informationen anzubieten. Die Spinner, die das tun, meinen, dass sie sich damit ein paar Pluspunkte für die Zukunft verdienen. Arme Teufel.
Nein, mein Grund ist ein anderer. Alles begann eines Nachts. Ich war sehr müde und leitete deshalb nicht persönlich die Verhöre. Trotz der Überstunden waren meine Untergebenen einigermassen zufrieden, denn ich hatte ihnen zur Belohnung gestattet, an fünf, sechs Studentinnen, die uns bei einer Razzia

ins Netz gegangen waren und bisher den Mund nicht hatten aufmachen wollen, ihre sexuellen Argumente ins Feld zu führen.

Ich war im Raum nebenan und hörte die Schreie, das Weinen, die Schläge, Beschimpfungen und das Schluchzen. Ein Leutnant erschien in der Tür, grüsste militärisch und sagte: »Herr Major, wir haben Ihnen die Hübscheste übriggelassen. Wir haben sie nicht einmal angerührt.« Das war ein Vertrauensbeweis, doch gleichzeitig wollten sie mich prüfen, wollten mich indirekt um meine Zustimmung zu allem bitten. Und obwohl ich nicht allzuviel Lust hatte, blieb mir nichts anderes übrig, als aufzustehen, »Danke« zu sagen und nach nebenan zu gehen. Dort stand ich vor einem Haufen blutiger, wimmernder oder lebloser Körper. Die Mädchen hatten alle Kapuzen über ihre Köpfe gestülpt. In der Mitte des Raumes lag eine schmierige, zerrissene Matratze, und auf ihr, zusammengekrümmt, meine Belohnung.

Ich trat näher und tat etwas völlig Unerklärliches und vor allem Unverzeihliches, etwas Ungewöhnliches bei jemandem mit meiner langen Erfahrung: Mit einem Ruck riss ich ihr die Kapuze herunter. Das angstverzerrte Gesicht wandte sich mir zu. Ihre Wangen waren verschmiert, und ihre Augen weiteten sich vor Schreck. Und dann stammelte die Unglückliche nur: »Alberto.«

Ich spürte, dass die anderen auf meine Reaktion warteten. Obwohl ich sie nicht ansah, gewahrte ich ihre gespannte Erwartung. Und das war auch nur logisch. Dass ich ihr die Kapuze heruntergerissen hatte, war an sich schon ein schwerer Verstoss. Noch viel schwerwiegender war, dass mich eine Gefangene erkannte. Ich öffnete den Gürtel und begann, mir die Hose aufzuknöpfen, dabei spürte ich wie meine Wut von Augenblick zu Augenblick grösser wurde. Dass ausgerechnet Inesita mich in eine so peinliche Situation bringen musste! Sie hätte doch wirklich den Mund halten können, oder? Und so nahm ich sie mit wahrhaftigem Zorn, der nur noch grösser wurde, als ich bemerkte, dass sie altmodischerweise auch noch Jungfrau war. Das hatte gerade noch gefehlt. Dabei schrie sie nicht einmal. Sie war ganz einfach ein Eisblock. Ein blutender Eisblock. Ich weiss nicht, warum sich mir das Bild des Eisblocks

mit solcher Klarheit einprägte. Und inmitten meines mechanischen Hin und Her konnte ich ihre kastanienbraunen Augen sehen, ungläubig staunend, trocken.
Hinterher war ich ein bisschen nervös, doch nahm ich mir bewusst vor, die Sache gelassen zu nehmen. In der folgenden Nacht träumte ich von Inesita. Das war vorhersehbar, ich weiss es. Für mich war es ja auch hart gewesen. Die übernächste Nacht träumte ich erneut, doch diesmal nicht von der wirklichen Inesita, sondern von einem riesigen Eisblock, aus dessen Oberfläche das Gesicht von Inesita hervorkam und »Alberto« sagte und mich mit jenen kastanienbraunen, ungläubig staunenden, trockenen Augen anschaute. In meinem Traum versuchte ich, in sie einzudringen, doch als mein Geschlecht das Eis berührte, schrumpfte es so zusammen, dass es fast verschwand. Es war ein entsetzliches Erlebnis. Ich griff mit der Hand danach, doch mein Geschlecht war nicht da. Mehrere Nächte lang wachte ich schreiend auf.
Ich beschloss, das einzig Wirksame zu tun. Ich rief eine alte Freundin an, die mir schon oft in Notfällen geholfen hatte, und fuhr zu ihr in ihre Wohnung. Doch in ihrem Bett versagte ich völlig. Als wir uns dem Höhepunkt näherten, musste ich plötzlich an den Eisblock denken — nicht an Inesita, sondern an den Eisblock —, und schrumpfte augenblicklich zusammen. Eine ordentliche Enttäuschung. Und ich konnte nicht einmal zum Arzt gehen, geschweige denn zum Armeearzt, und ihm meine kleine, nette Geschichte vom vergewaltigten Mädchen, dem Eisblock und dem sexuellen Desaster erzählen.
So konnte es nicht weitergehen. Eines Nachts, nach meiner soundsovielten Umarmung mit dem Eisblock und den Augen von Inesita, fasste ich den Entschluss. Ich musste Distanz zwischen die Wirklichkeit und meine Träume bringen. Am besten einen ganzen Ozean. Ich meldete mich krank, mit einer Grippe, damit meine Abwesenheit nicht sofort auffiel. Ich holte mein ganzes Geld von der Bank, tauschte es in Dollars um, fuhr nach Carrasco und kaufte direkt dort auf dem Flughafen das Ticket. Ich gab niemandem Bescheid. Meine Eltern waren schon tot, und meinen Bruder wollte ich nicht anrufen. Am Tag darauf war ich schon in Frankfurt.
Endlich schlief ich wieder traumlos. Ich atmete auf und gra-

tulierte mir dazu, dass Inesita mitsamt dem Eisblock auf der anderen Seite des Atlantiks geblieben war. Ich fand, dass dies eine sehr kluge Entscheidung gewesen war. Und da fiel mir plötzlich Überlingen ein. Ich wusste, dass es ein ruhiges Städtchen war, wie geschaffen zum Ausruhen und Nachdenken. Ich mietete ein Auto und fuhr ohne Eile los; in Gasthäusern und Kneipen unterwegs konnte ich feststellen, dass mein Deutsch ganz befriedigend war. Als ich in Friedrichshafen übernachtete, fiel mir ein, dass der Alte mir einmal erzählt hatte, dass hier das Versuchsgelände der Zeppeline gewesen war.

Dann nahm ich ein Zimmer in diesem Gasthaus hier am See. Ohne jeden Zweifel ist es die beste Zeit des Jahres. Das Wasser ist warm und sehr angenehm zum Schwimmen, die Landschaft ist herrlich, das Frühstück schmeckt bestens, die Leute sind liebenswürdig, und interessanterweise gibt es immer noch einige, die dem Führer nachtrauern. Dort gegenüber liegt Konstanz, und, schon auf Schweizer Boden, Romanshorn. Die Umgebung ist sehr geeignet dazu, eine Entscheidung zu fassen.

Eine Woche verging, und ich fühlte mich von Tag zu Tag besser und sicherer. Doch dann war plötzlich alles zu Ende. Ich fing wieder zu träumen an, verflucht. Vom Eisblock, von Inesitas Kopf, dem Mund, der »Alberto« sagt, den kastanienbraunen, ungläubig staunenden, trockenen Augen. Das geht jetzt schon zehn Nächte lang so, ich zähle mit. Ich weiss, dass ich es nicht werde aushalten können. Lieber bringe ich mich um, als dass ich verrückt werde.Und jetzt erinnere ich mich auch wieder. Jenes Mal, als ich mit meinem Vater über die Folter sprach, antwortete er mir, dass er mich verstünde, dass er wüsste, dass es meine Pflicht sei, doch dass ich es mir auf jeden Fall gut überlegen solle, denn bei diesem harten Dienst gäbe es immer ein Risiko. Ich fragte ihn, welches Risiko denn, und fast ohne die Lippen zu bewegen, sagte er: »Den Wahnsinn«. Der Wahnsinn, klar.

Dies ist mein Auf Wiedersehen. Oder auch mein Testament, was weiss ich. Ich bin ja doch allein mit diesem verpfuschten Leben, mein einziger Verwandter ist mein Bruder, und mit dem will ich nichts zu tun haben. Der soll sich bloss nicht einbilden, ich hinterlasse ihm meine Dollars oder mein Haus in Pocitos. Mir ist lieber, Inesita bekommt alles. Deshalb schreibe ich ihren Namen auf den Umschlag. Und wenn das hier nicht als letzter Wille gilt — ich bin Major, kein Rechtsverdreher —, dann zum Teufel damit.

Dass das klar ist: Ich mache das nicht aus Grosszügigkeit oder aus Reue. Solche Luxustugenden habe ich nicht. Das hier ist nur eine Flaschenpost, eine Wette mit mir selbst, und vor allem eine Einladung, dass man mich an dem Ort, der mich erwartet und den ich mir nicht so genau vorstellen kann, in Ruhe lassen möge. Und ich hinterlasse ihr diese Zeilen, nur damit ihr — wenn sie überhaupt noch am Leben ist — klar wird, wieviel Schlechtes sie mir angetan hat, auch wenn sie es vielleicht nicht gewollt hat. Wenn sie kann und will, möge sie für mich beten, sie weiss schon, zu wem. Meine einzige Sorge ist, dass sie nicht mehr lebt, und dass ich sie deshalb an jenem Ort treffen werde, den ich mir nicht so genau vorstellen kann.

Morgen soll es geschehen. Jetzt, wo der Entschluss gefasst ist, macht mir der Tod schon keine Angst mehr. Endlich ist alles klar. Gestern bin ich nach Lindau gefahren und habe die Tabletten gekauft. Doch wenn ich es mir recht überlege, dann werde ich, glaube ich, doch die Pistole nehmen. Immerhin bin ich Major der Armee, verdammt nochmal. Alles muss seine Ordnung haben, würde mein Vater sagen. Und dann ist Schluss. Nur noch eine Bitte: Man soll niemandem an meinem Leben die Schuld geben.

Das Obige habe ich gestern aufgeschrieben. Ich habe mich geirrt. Ich werde mich nicht umbringen. In der Nacht habe ich, wie immer, von dem Eisblock geträumt, doch diesmal haben die Lippen von Inesita nicht nur »Alberto« gesagt, sondern hinzugefügt: »Ich werde dich nicht verlassen, niemals werde ich dich verlassen.« Ich warf mich über den Eisblock, und die entsetzliche Kälte fuhr mir in den Leib wie ein Messer. Oder eine Säge. Oder eine Zange. Die Augen von Inesita. Oder ein Messer. Die kastanienbraunen, ungläubig staunenden, trokkenen Augen von Inesita sahen mich so durchdringend an, dass ich keinen Zweifel mehr hatte. Sie werden mich immer anschauen, aus diesem oder einem anderen Eisblock heraus, über meinen Tod hinaus. Dieses Weibsstück wird Wort halten.

Ich weiss, gestern habe ich noch aufgeschrieben, dass ich mich lieber umbringe als verrückt zu werden. Doch umbringen kann ich mich jetzt nicht mehr. Ich glaube, ich werde verrückt werden. Ich habe entsetzliche Kopfschmerzen. Zurückkehren? Zu wem? Wohin? Weshalb? Ich glaube, ich werde verrückt werden. Der Wahnsinn, hat der Alte gesagt. Verrücktwerden. Der Eisblock. Dies ist der Eisblock. Der Eisblock. Der Eisblock. Der Eisblock. Der Eis

Atmosphäre

Flughöhe 350

Dort unten überlebt die Erde
die Besten erlöschen
irgendwer schwillt in Hass
oder schmilzt in der Liebe

Von oben ist das Schicksal ein Schwamm
die Menschen sind gleich
und trotz der aufgeblähten Luft
sendet die Erde von unten Signale

Und sie sind traurig gierig trostlos
Signale ohne Versprechung
wie wenn es nur unvermeidlich wäre
vom Himmel Anhaltspunkte zu sammeln

Doch ich erinnere mich an ihre Einzelheiten
nicht alles ist verloren
es gibt Fahrtrichtungen für den Moment
und andere, um dem Vergessen zu entrinnen

Hier oben fühle ich mich mächtig
zerbrechlich und vergänglich
und ich schweige
es kann sein, dass ich zersplittere wenn ich rede

Oder dass ich nicht zersplittere und mich
im Gegenteil mit Sehnsucht gürte
und einige wenige helfen mir
wie im Traum meine Treue zu wahren

Im Himmelreich

Gerade rechtzeitig kamen sie in der internationalen Abflughalle des Madrider Flughafens Barajas an und mussten sich also sofort in die Schlange für den Iberia-Flug 987 nach Buenos Aires einreihen. Keiner der drei sprach ein Wort. Am Abend zuvor waren sie mit dem Wagen aus Frankreich gekommen. Eigentlich gefiel weder Asdrubal noch Rosa diese Abreise, diese Trennung, aber den Entschluss dazu hatten sie gemeinsam gefällt: Ignacio sollte nach Montevideo reisen. Er war jetzt elf Jahre alt, war seit seinem fünften Lebensjahr in Europa gewesen, und es bestand die Gefahr, dass er sich zu einem reinen Franzosen entwickelte. Nichts gegen die Franzosen, aber der Junge war Uruguayer, und es war ein sorgfältig geplantes Unternehmen, ihn jetzt nach Montevideo zu schicken, damit er dort einen Monat bei den Grosseltern verbringen und Onkel und Tanten, Cousins und Cousinen kennenlernen würde, auch Strassen und Strände, eine Idee, die an jenem Nachmittag geboren wurde, als Rosa ihn dabei überraschte, wie er beinahe heimlich *un, deux, trois, quatre, cinq, six* zählte, was er bisher immer auf Spanisch getan hatte.
»Pass gut auf die rote Tasche auf«, sagte schliesslich Asdrubal, als sie noch zwei Plätze vom Schalter entfernt standen. »Da ist dein Pass drin, der Flugschein, und ein paar Dollar.«
»Und mach dir keine Sorgen wegen der Ankunft«, fügte Rosa hinzu. »In Buenos Aires warten die Grosseltern auf dich, und vielleicht sogar dein Onkel Ambrosio. Sie kommen extra aus Montevideo.«
»Und ausserdem«, sagte Asdrubal, »bringt dich eine Stewardess vom Flugzeug aus bis dahin, wo die Grosseltern sind.«
Ignacio antwortete einsilbig. Seit einer Woche die gleiche Leier. Wenn er nun schon reisen musste, worum er nicht gebeten

hatte, und wozu nicht er sich entschlossen hatte, war es das beste, es möglichst rasch hinter sich zu bringen.
»Erzähl den Grosseltern, wie wir leben, wie unser Viertel aussieht, was für Nachbarn wir haben«, sagte Rosa. »Von deiner Schule und den guten Noten, die du dieses Jahr bekommen hast. Da werden sie Augen machen.«
»Ja, Mama.«
»Und sag Roberto, er soll mir die Fragen beantworten, die ich ihm geschickt habe.«
»Ja, Papa.«
»Denk dran, dass es hier im Moment warm ist, während du dort mitten im Winter ankommst. Zieh dir deinen Mantel an, bevor du aussteigst.«
»Ja, Mama.«
Jetzt standen sie am Schalter. Sie brauchten keinen Koffer aufzugeben. Alles was er hatte, auch die Geschenke, hatte im Handgepäck Platz.
»Reist das Kind allein?«
»Ja, und dies ist alles, was er mitnimmt.«
»Na, er ist ja schon ein kleiner Mann.«
Der kleine Mann wurde rot wie eine Laterne, vielleicht, weil die Angestellte sehr hübsch war und ihn mit dem Lächeln bedachte, das sie für U. M. (Unaccompanied Minor) parat hatte.
»Sie können schon zur Passkontrolle gehen. Flugsteig fünf. Guten Flug, Ignacio.«
Ignacio war überrascht, wie schnell sich das Fräulein seinen Namen gemerkt hatte.
»Die hast du aber schnell erobert«, sagte Asdrubal. »Alle Achtung, mein Lieber.«
Langsam gingen sie zum Eingang für Fluggäste. Fast schon weinend rückte ihm Rosa den Kragen seiner Jacke zurecht, hängte ihm die grosse Tasche über die rechte Schulter, küsste ihn mehrmals und drückte ihn so fest an sich, dass der Kragen wieder in Unordnung geriet. Asdrubal blieb viel ruhiger, aber auch er hatte glänzende Augen.
Er selbst machte keinerlei Zugeständnisse. Asdrubal und Rosa sahen zu, wie Ignacio die Kontrollen passierte, mehrmals winkte er ihnen mit der freien Hand, dann verschwand er mit den anderen Passagieren in Richtung Flugsteig fünf.

Als er sie nicht mehr sehen konnte, hörte er auf zu winken und atmete mit einer gewissen Erleichterung auf. Dies war sein erster Abflug. Aber nun, da er vollkommen unabhängig war, spürte er ein wenig Heimweh nach seiner Abhängigkeit, so als fiele es ihm schwer, sich an dieses erste Mal zu gewöhnen, das sie für ihn bestimmt hatten.
Vor dem Flugsteig fünf wartete eine Menge Leute. Auch dort wurde er gefragt, ob er allein reise, und in seinem Stadium unüberwindlicher Stummheit wies er nur den geheiligten Inhalt seines roten Täschchens vor. Er nahm auf einem der wenigen Sessel Platz, die von den anderen getrennt standen, und wartete darauf, dass sein Flug ausgerufen würde. Anfangs schien es ihm, als schauten alle nur ihn an, da starrte er zurück, und sie sahen zur Seite. Als in drei Sprachen der Flug ausgerufen wurde, kam eine Angestellte der Fluggesellschaft, die weniger hübsch war als die am Schalter, fragte ihn, ob er Ignacio sei und brachte ihn zur Maschine, wobei sie ständig lächelte und ihm auf die Schulter klopfte, und dort übergab sie ihn an eine der Stewardessen.
Die Passagiere drängten ins Flugzeug, wo sie eine Ewigkeit brauchten, bis sie ihr Handgepäck und ihre Mäntel verstaut hatten. Die Stewardess schaffte es, sich durch diesen Dschungel zu kämpfen, und brachte ihn zur Reihe siebzehn, wo sie ihn neben einen weiteren Unaccompanied Minor setzte, der ungefähr sein Alter hatte.
»Er reist auch allein. Vielleicht werdet ihr ja Freunde.«
Dann verschwand sie den Gang hinunter.
»Hallo«, sagte der Junge, der da sass.
»Hallo.«
Ignacio verstaute die Reisetasche unter dem Sitz und legte sich, an die Worte Rosas denkend, den Sicherheitsgurt an.
»Bist du Argentinier oder Uruguayer?«
»Uruguayer.«
»Ich auch.«
Erst jetzt sah er ihn genauer an. Er war kräftig und etwas sommersprossig, und es fehlte ihm ein Zahn im Oberkiefer. Er war sorgfältig gekämmt und trug eine schmale Krawatte.
»Wie heisst du?«
»Ignacio. Und du?«

»Saúl.«
»Fliegst du nach Buenos Aires?«
»Ja, aber dann weiter nach Montevideo.«
»Aha, ich auch.«
Rechts von Ignacio war der Gang, aber links von Saúl sass eine Dame, die eine Brille trug und ihrer beginnenden Unterhaltung wohlgefällig zuhörte. Die Jungen schwiegen, als sie sich so beobachtet fühlten.
Eine andere Stewardess kam vorbei und verteilte Zeitungen, und ohne sie überhaupt zu fragen, überging sie sie bei der Verteilung. Dafür nahm sich die Dame mit der Brille zwei.
Ignacio dachte daran, dass Rosa ihm sicher irgendein Buch in die Reisetasche gesteckt hatte, für den Fall, dass er unterwegs lesen wollte. Aber er zog es vor abzuwarten, bis der andere seine eigenen Sachen zeigte. Er wollte sich nicht mit dem lächerlich machen, was ihm seine Mutter als Kinderbuch mitgegeben hatte.
Ausserdem begann das Flugzeug jetzt zu starten, und das hatte ihn schon immer fasziniert — es war dies mindestens sein vierter Flug, allerdings der erste ganz allein — und gleichzeitig in Panik versetzt. Er sah, dass sich Saúl mit beiden Händen an den Sicherheitsgurt klammerte, da gab er sich alle Mühe, möglichst ruhig zu bleiben. Es dauerte mehrere Minuten, bis das Flugzeug an Höhe gewann und sich stabilisierte. Ignacio erwartete immer sehnsüchtiger diesen Moment, den er liebte. Es war ein Augenblick grösster Entspannung. Es war mit dem Fliegen nicht zu vergleichen, es war mehr als Fliegen. Es war, als ginge man in den Wolken auf, als nähere man sich der Sonne.
Die Dame nahm sich die Brille ab und betrachtete sie mit einem so mütterlichen Blick, dass beide das erste Unwohlsein des Fluges spürten.
»Kinder«, sagte sie mit Honigstimme. »Jetzt könnt ihr wirklich sagen, dass ihr im Himmelreich gewesen seid.«
Sie hörte sich an wie eine Spanierin, dachte Ignacio. Sie lächelten, Saúl liess dazu ein leises Grunzen hören.
»Ihr geht doch in die Kirche, nicht wahr?«
»Ja«, sagte Saúl.
»Nein«, sagte Ignacio, und bereute es sofort. Durch Dummheit

hatte er sich selbst dazu verurteilt, zwölf Stunden lang einem Katechismus zuzuhören. Doch nein. Seine Verneinung hatte die angenehme Folge, dass die Dame, wenn auch beleidigt, schwieg.
Hingegen fragte ihn Saúl, fast ins Ohr flüsternd, ob es wirklich stimmte, dass er nicht hinging.
»Natürlich stimmt das.«
»Sind deine Leute Atheisten?«
»Ich glaube, ja.«
Saúl blieb der Mund offenstehen, aber sofort wurde er fröhlich.
»Das muss lustig sein, nicht in die Kirche zu gehen.«
»Wieso lustig?«
»Weiss nicht, kommt mir so vor. Nicht-Hingehen ist das Gegenteil von Hingehen. Und Hingehen ist so langweilig.«
»Und was machst du, wenn du hingehst?«
»Wie meinst du das? Ich beichte oder nehme das Abendmahl. Hast du die erste Kommunion erhalten?«
»Ich glaube nicht. Vielleicht, als ich noch klein war. Ich erinnere mich nicht mehr.«
»Hast du denn nicht gerade gesagt, dass deine Eltern Atheisten sind?«
»Ja, aber ich habe eine Grossmutter, die sehr katholisch ist.«
»Und wo lebt die?«
»In Montevideo. Aber jetzt kommt sie nach Buenos Aires, mich abholen. Wirst du auch abgeholt?«
»Ja klar, mich kommen sie auch in Buenos Aires abholen.«
»Auf mich warten meine vier Grosseltern.«
»Ich habe nur noch drei, denn die Mutter von meinem Vater ist vor zehn Jahren gestorben. Sicher kommt meine andere Grossmutter.«
»Aha.«
»Lebst du in Spanien oder in Uruguay?«
»In Frankreich.«
»Gefällt es dir dort?«
»Ganz gut.«
»Besser als in Uruguay?«
»Weiss ich nicht mehr. Ich war ja noch sehr klein, als wir herkamen.«

Ignacio verspürte Lust, auf die Toilette zu gehen, aber die Leuchtschrift, dass man den Sicherheitsgurt anbehalten solle, war immer noch eingeschaltet. Saúl hingegen löste ohne ein Wort die Schnalle und stand auf, doch bevor er zwei Schritte tun konnte, schickte ihn die Stewardess schon mit einer strengen Handbewegung auf seinen Sitz zurück. Der Junge wurde rot. Bei einer solchen Provokation wurde Ignacios Bedürfnis, aufs Klo zu gehen, noch grösser. Aber da war nichts zu machen.
»Wann geht denn endlich diese verdammte Schrift aus?«, fragte Saúl den Tränen nahe.
»Wenn wir aus den Wolken herauskommen«, sagte Ignacio mit Expertenmiene.
»Aber was ist denn so Schlimmes an den Wolken?«
»Dass der Pilot nicht sehen kann, wohin er fliegt.«
Erst zwanzig Minuten später wurde die Erlaubnis gegeben, die Gurte zu lösen. Da konnten sie endlich aufstehen, zuerst Saúl, dann Ignacio. Der war ganz besorgt, dass er nicht mehr rechtzeitig hinkommen würde. Aber es klappte. Und er wusch sich sogar die Hände und roch an der Parfüm-Flasche, die neben dem Waschbecken hing. Es war viel zu stark. Fast musste er niesen.
Kaum waren sie wieder auf ihren Plätzen, kam auch schon das Essen. Ignacio hatte Hunger, aber er hasste es, in einem Flugzeug zu essen, weil immer irgendein Nachtisch über das Tablett kleckerte, und ausserdem war es höchst unbequem, in dieser unmöglichen Haltung und mit so wenig Platz das Fleisch zu schneiden. Also ass er nur den Schinken und das Brot. Das hart war. Saúl dagegen räumte das Tablett leer und machte nichts schmutzig. Ignacio starb fast vor Neid. Als die Stewardess den nahezu unberührten Teller von Ignacio sah, fragte sie, ob es ihm nicht geschmeckt habe. Er sagte höflich, dass es ihm schmecke, dass es ihm jedoch zuviel gewesen sei. Rundherum Lächeln. Aus Rache trank er Kaffee, was Rosa ihm verboten hatte, weil es ihn, wie sie sagte, nervös machte und ihm nachts Albträume verschaffte.
»Hast du manchmal Albträume?«
»Ja.«
»Ich weiss nicht, wie das bei mir ist. Aber ich habe welche,

denn meine Mutter sagt, dass ich manchmal nachts schreie.«
Zum Glück wurden jetzt die Tabletts abgeräumt. Er war es leid, das halbgare Stück Fleisch vor sich zu betrachten. Die Dame bot ihren Käse Saúl an, der ihn würdevoll ablehnte. Ihm bot sie ihn nicht an, sicher, weil er nicht zur Kirche ging. Oder vielleicht auch, weil sie sah, dass er seinen eigenen nicht gegessen hatte. Er fühlte sich auf einmal diskriminiert, hungrig, verlassen und sehr zornig. Trotz allem hatte er keine Lust zu weinen, sondern in irgendetwas zu beissen, wie früher, als er noch ganz klein war und Rosa ihn zur Strafe für irgendetwas ins Bett schickte, und er in das Laken biss, bis es zu Fetzen ging. Er hatte das einmal Gérard erzählt, dem Besten in der Klasse, und der hatte ihm erklärt, dass man das passiven Widerstand nannte, so wie Ghandi ihn gemacht hatte.
»Machst du manchmal auch passiven Widerstand?«
»Was ist das denn?«
»Die Laken zerbeissen.«
»Bah. Das muss ja furchtbar schmecken.«
Er war müde, aber er wollte noch nicht schlafen. Die Dame mit der Brille breitete schon ihre Decke aus, fand jedoch nicht die richtige Position; sie wälzte sich von einer Seite auf die andere, und zwar so ungeschickt, dass Ignacio um das Gleichgewicht des Flugzeugs bangte.
»Warum ist deine Familie«, fragte Saúl plötzlich, »eigentlich nach Frankreich gekommen?«
»Wir sind im Exil.«
»Ach ja? Wie interessant. Das erste Mal, dass ich mit jemandem rede, der im Exil ist.«
»Also eigentlich sind meine Eltern im Exil. Ich war ja noch ganz klein, deshalb kann ich auch zurück.«
»Sie können aber nicht zurück?«
»Nein.«
»Ist dein Vater Kommunist?«
»Nein.«
»Als was arbeitet er denn?«
»Er ist Lehrer.«
»Und sie können also tatsächlich nicht zurück?«
»Nein.«
»Dann ist er also Tupamaro?«

»Nein, auch nicht.«
»Schade. Ich hätte gerne einen Tupamaro kennengelernt.«
»Ich habe einen Onkel, der ist vielleicht einer. Ich glaube, er kommt auch nach Buenos Aires, mich abholen. Dann lernst du vielleicht einen kennen.«
»Du bist aber nicht sicher, dass er einer ist?«
»Nein. Aber vor ungefähr einem Jahr habe ich gehört, wie mein Vater zu meiner Mutter sagte: Wenn dein Bruder nur nicht den grossen Retter hätte spielen wollen.«
»Den grossen Retter?«
»Klar. In meiner Anwesenheit reden sie verschlüsselt. Aber ich bin schon dahinter gekommen, dass Retter Tupamaro bedeutet.«
Saúl gähnte und schloss den Mund erst, als Ignacio sich bereits angesteckt hatte und auch gähnte. Dann kuschelten sich beide unter ihre Decken. Das Brummen der Maschine war so ruhig, so angenehm, dass Ignacio nicht einmal merkte, wie ihm die Augen zufielen.
Als er sie Stunden später wieder öffnete, war der Gang zur belebten Strasse geworden. Die Leute erwachten, standen Schlange vor den Toiletten, und kehrten gewaschen, gekämmt und wie aus dem Ei gepellt zu ihren Plätzen zurück. Die Dame neben ihnen schnarchte noch friedlich, Saúl hingegen war schon hellwach und hatte seinen Blick auf Ignacio gerichtet.
»Ich habe schon gewartet, dass du aufwachst, weil ich dich fragen wollte, wie du heisst.«
»Ignacio, das habe ich dir doch schon gesagt.«
»Ja, aber wie weiter.«
»Ignacio Avalos.«
»Und wie sonst noch?«
»Puh, du willst es aber wissen. Avalos Bustos.«
Wieder kamen die Tabletts. Jetzt mit weniger darauf. Ignacio nahm sich vor, jetzt doch etwas zu essen. Sonst würde er noch ohnmächtig werden. Also ass er.
»Warst du auch in Frankreich?«
»Ja, drei Wochen war ich da. Gehst du in Frankreich zum Fussball?«
»Manchmal schon.«
»Welches ist deine Manschaft?«

»Saint Etienne. Und deine?«
»Wanderers.«
»In Uruguay. Ich meine in Frankreich.«
»Keine. Ich war ja nur kurz da. Habe nur meine Schwester besucht. Sie wohnt in Paris. Drei Jahre hatte ich sie schon nicht mehr gesehen.«
»Ist sie im Exil?«
»Nein, weiss Gott nicht.«
»Hat dir Paris gefallen?«
»Einiges schon. Anderes nicht. Meine Schwester sagt, dass es zu viele Neger gibt.«
»Und deine Schwester, was macht sie?«, fragte Ignacio.
»Sie ist mit einem Arzt verheiratet. Einem Franzosen.«
»Ja, natürlich. Aber sie, was macht sie?«
»Sie? Ich habe dir doch gesagt, dass sie mit einem Arzt verheiratet ist. Das ist alles, was sie macht. Ja, und manchmal sieht sie noch fern.«
Die Tabletts werden abgeräumt, und Ignacio hebt sich das kleine Reinigungstuch auf. So braucht er sich das Gesicht nicht zu waschen. Und ausserdem hat es ein mildes Parfüm, von dem man nicht niesen muss.
»Verstehst du dich gut mit deinem Onkel?«
»Mit welchem? Ich habe fünf.«
»Mit dem, der dich abholen kommt.«
»Ach, Onkel Ambrosio. Ich kann mich gar nicht mehr an ihn erinnern. Aber er schreibt mir immer. Er ist prima.«
»War er im Knast?«
»Nein, bis jetzt ist er immer entwischt. Zum Glück. Da machen sie einen fertig, weisst du.«
Endlich ist die Dame mit der Brille aufgewacht. Ignacio betrachtet sie und findet, dass sie älter aussieht. Sie bewegt den Mund, als kaue sie, aber sie kaut nicht. Komisch, nicht? Ausserdem versucht sie, sich einen ihrer Schuhe wieder anzuziehen, den sie sich ausgezogen hatte, aber sie schafft es anscheinend nicht. Sie atmet heftig, und die Luft, warm und ein bisschen säuerlich, weht bis zu Ignacio herüber. Der beschliesst, dass der Moment gekommen ist, sein Tüchlein zu benutzen.
Saúl hat ein elektronisches Spiel aus seiner Tasche geholt und spielt für sich allein. Von Zeit zu Zeit macht der kleine Appa-

rat Piep Piep Piep, und Ignacio merkt, dass er jedesmal hinhört.
Plötzlich unterbricht Saúl sein Spiel und sieht Ignacio an.
»Mein Vater sagt, dass ich eine Memme bin.«
»Bist du denn eine?«
»Eine Scheissmemme, sagt er.«
»Das ist ja noch schlimmer. Und warum sagt er das?«
»Weiss nicht. Manchmal schaut er mich halt an und sagt, dass ich eine Scheissmemme bin. Ich werde ihm zeigen, dass ich keine bin. Sagt dein Vater auch manchmal so etwas zu dir?«
»Sowas nicht. Er sagt andere Sachen. Und wie fühlst du dich, wenn er das sagt?«
»Ich halte den Mund. Vielleicht meint er es ja nicht so. Das sagt jedenfalls meine Mutter.«
»Vielleicht. Kommt dein Vater dich abholen?«
Genau in diesem Moment landet das Flugzeug, und der Stoss bringt sie zum Schweigen. Die Dame mit der Brille lässt ein leichtes Röcheln vernehmen.
»Du meine Güte.«
»Ziemlich mies, was?«
»Das machen sie absichtlich. Damit sich die Passagiere in die Hose machen.«
Langsam rollt die Maschine zum Flughafengebäude. Als die Turbinen endlich abgeschaltet sind, fällt Ignacio der Rat von Asdrubal ein, und er klemmt sich die Tasche mit dem Pass, dem Flugticket und den Dollars fester unter den Arm. Und er denkt an den Rat von Rosa und zieht sich den Mantel an. Saúl hat sich schon den Schal umgebunden. Die Tür geht auf, und es kommt eiskalte Luft herein.
»Ich glaube nicht, dass er mich abholen kommt«, sagt Saúl.
»Er hat immer so viel zu tun.«
»Uih, wie kalt«, sagt Ignacio. »Was macht er denn?«
Saúl niest und schneuzt sich die Nase, bevor er antwortet.
»Er ist Oberst bei der Armee.«

Wassergraben

Bibliography

Ich möchte glauben,
dass ich zurückkehre

Ich kehre zurück / ich möchte glauben dass ich zurückkehre
mit meiner schlechtesten und meiner besten Geschichte
ich kenne diesen Pfad der Erinnerung
trotzdem bin ich überrascht

Es gibt so viel das niemals endet
so viel Wagemut so viel versprengter Friede
so viel Licht das Schatten war und umgekehrt
und so viel unvollständiges Leben

Ich kehre zurück und bitte um Verzeihung
    wegen der Verspätung
es ist weil es so viele Entwürfe gab
es bleiben mir zwei oder drei alte Bitterkeiten
und nur ein Vertrauen

Ich verteile meine Erfahrungen zuhause
und jede Umarmung ist eine Entschädigung
doch ich verspüre / und ich schäme mich nicht
Heimweh nach dem Exil

In welchem Moment schafften es die Leute
das wieder zu öffnen was man nicht vergisst
den schönen Schlupfwinkel der das Leben ist
schuldig oder unschuldig?

Vertraute und Fremde kommen mir zu helfen
sie stellen die Fragen die einer träumt
ich gelange pfeifend durch die Code-Schranken
und die Brücke des Zweifels

Ich bin sterblicher als da ich ging
ihr wart / ich war nicht
deshalb hat es in diesem Himmel eine Wolke
und das ist alles was ich habe

Es zieht und lässt nach zwischen dir und deiner Trauer
und dem eigenen Feuer und der fremden Asche
und dem armen Enthusiasmus und der Verdammung
die uns jetzt nichts mehr nützt

Ich kehre zurück in gutem Zustand und mit guter Lust
die Falten meines Stirnrunzelns sind gegangen
schliesslich kann ich an meine Träume glauben
ich befinde mich in meinem Fenster

Wir haben unsere Stimmen behalten
ihr habt schon eure Verletzungen geheilt
ich beginne eure Willkommensgrüsse zu verstehen
besser als die Adieus

Wir sind alle gebrochen aber ganz
entschädigt durch Busse und schlechten Nachgeschmack
ein bisschen verbrauchter und wissender
älter und aufrichtiger

Ich kehre zurück und bitte um Verzeihung
    wegen der Verspätung
es ist weil es so viele Entwürfe gab
es bleiben mir zwei oder drei alte Bitterkeiten
und nur ein Vertrauen

Ich kehre zurück / ich möchte glauben, dass ich zurückkehre
mit meiner schlechtesten und meiner besten Geschichte
ich kenne diesen Pfad der Erinnerung
trotzdem bin ich überrascht

Es war kein Tau

Sein ganzes Leben lang war er ein Stadttier gewesen, und er fand das auch gut so. Offensichtlich wirkten die Winkel und Vibrationen dieses Labyrinths anregend auf ihn, der Benzingestank, selbst wenn einem schlecht davon wurde, das unaufhörliche Lärmen der Fabriken in den Vorstädten, der wabernde Gestank von den Müllhalden, das metallische Kreischen von Polizei- und Krankenwagen, und sogar noch die grellen Lichter der Innenstadt, kurz: all die Gemeinplätze der urbanen Poesie und noch einige aus dem Tangoschatz dazu. Doch war es auch so, dass ihn bestimmte, unwiederbringliche Augenblicke zu sich selbst kommen liessen, wie jener Zeitungsverkäufer, der gelangweilt und schläfrig über seine verderbliche Ware gebeugt liegt, oder das Lachen der zwei barfüssigen Kinder auf einem Haufen zerbrochener Ziegel, oder die Prostituierte an der Ecke, die Lobsang Rampa las, während sie auf den nächsten Freier wartete. Er war überzeugt davon, dass seine Lungen den Russ und die Ansteckung genauso brauchten wie diejenigen des Gebirgsbewohners die klare Luft eines hellen Tages.
Nachts schlief er tief und fest, doch nur, wenn ihn die Welt mit einem Kontrapunkt nahen Lärms und fernen Hupens verabschiedete. Wenn er dagegen in irgendeinem kleinen, abgelegenen Dorf übernachten musste, verursachte ihm die massive, geradezu ohrenbetäubende Stille jedesmal Schlaflosigkeit, und es blieb ihm nichts anderes übrig, als das Bett oder den Strohsack zu verlassen, um nach draussen zu gehen und, ohne irgend einen Gefallen daran zu finden, den finster-funkelnden Himmel zu beobachten, der für ihn die schlimmste Strafe bedeutete. Sein eigentlicher Gegenpol war nie die Natur, sondern immer der Nächste gewesen, mit seinem Hoffen und Leiden, sei-

nen Rätseln und Überraschungen. Solange ihm nicht das Gegenteil bewiesen wurde, glaubte er immer an das Gute im Menschen und die dazugehörigen Tugenden. Nicht einmal die lange Reihe von Enttäuschungen und Verrat, die er in seinen fünfundvierzig Wintern hatte einstecken müssen, konnte ihn da entmutigen. Er war ein Markensammler unauslöschlicher Gesten, kleinster Vertrauensbeweise, kaum wahrnehmbarer Solidarität. Und so hatte er sich auch in den politischen Zeitläuften bewegt, ohne den geringsten persönlichen Machthunger und in dem Bewusstsein, dass er inmitten brüderlicher Ellenbogen auf der dichtgedrängten Plaza viel eher zu Hause und vor allem viel nützlicher war als auf den Rednertribünen. Im allgemeinen enthüllte ihm die offensichtliche Botschaft — mit der er meistens übereinstimmte — weniger Geheimnisse als eine hastig gesetzte Klammer, oder die zerfurchte Stirn des armen Redners, oder der kurzatmige Rhythmus des glänzenden Geredes, der die Lethargie in tosenden Beifall verwandeln sollte.
Auf alle Fälle war das erzwungene Exil für ihn zugleich Fluch und Enthüllung geworden. Erst drei Monate nach seiner gewagten Flucht, schon auf fremder Erde, hatte er Zeit und Gelegenheit, zu begreifen, dass seine angeblichen Verbrechen nicht etwa politisch, sondern rein menschlich gewesen waren. Er hatte geholfen, gewiss, ohne viel darüber nachzudenken, wozu, sondern im vollen Bewusstsein, wem er half. Natürlich, er teilte viele der Forderungen, die die Leute verfochten, doch war dies bei seiner nicht sehr gekonnt in die Tat umgesetzten Solidarität nie der entscheidende Faktor gewesen. Immer war seine persönliche Bekanntschaft mit dem jeweiligen Verfolgten ausschlaggebend gewesen, zum Beispiel das Wissen, dass es sich um einen seiner vielen Schüler handelte, und oft nicht einmal um einen der besten. Wichtiger als alle Ideologie war für ihn, den Jungen im Viertel fleissig fussballspielen gesehen zu haben, und die Tore so zu feiern, als sei dadurch die Welt ein für allemal gegen den Untergang geimpft. Es stimmte, er hatte hier und da ausgeholfen, doch nicht aus dem Pflichtgefühl des Bürgers oder gar des politischen Kämpfers heraus, sondern gerade eben als spontane, unverzichtbare Geste. Es war nur folgerichtig gewesen, dass er bei so vielen Handreichungen hier und da um ein Haar geschnappt worden wäre.

Ja, aus verschiedenen und unterschiedlichen Gründen war das Exil für ihn wie eine Entdeckung gewesen. Erstens hatte es ihm dazu verholfen, in sich Zonen zu entdecken, die bis dahin unerforscht gewesen waren. Sich selbst vereinzelt und ohne seine gewohnte Umgebung zu sehen und zu beurteilen, umgeben von den neuen, fremden Begrenzungen, Schwamm drüber und keine neue Rechnung aufgemacht, einem Schicksal ausgeliefert, das bisher weder gut noch schlecht war, wie eine Wetterfront, die der Wetterbericht ausgelassen hat: All das hatte ihm dazu gedient, sich klarzumachen, wie hart das Schicksal sein kann, wie unerbittlich.
Zweitens hatte er entdeckt, was ihm wirklich fehlte und was nicht, und dabei kam tatsächlich ein unerwartetes Ergebnis heraus, begriff er doch, recht erstaunt, dass ihm einige »höchste Werte« ganz und gar unwichtig waren, während ihm hingegen die Abwesenheit irgendeiner schmutzigen Backsteinmauer eine untergründige Traurigkeit verursachte, das Fehlen des Schildes *Achtung — Schule*, an dem er jeden Morgen halten musste, wenn er mit seinem klapprigen Citroen zur Arbeit gefahren war, die Erinnerung an den langhaarigen Alten, den er so oft von seinem Fenster aus am winterlich-leeren Strand mit seiner riesigen dänischen Dogge herumtollen sah. Natürlich sehnte er sich trockenen Auges nach all diesen Dingen, denn Stadttiere weinen nicht.
Und drittens hatte er herausgefunden, dass seine neue Umgebung, obzwar mit Gesichtern so schroff wie Steilküsten und zahllosen Traditionen, dennoch für ihn, jenseits von stumpfem Stolz, eine verletzliche Zone jugendlicher Zärtlichkeit bereithielt, wo es Hilfe gab, die man suchen konnte, grosszügige Dickköpfigkeit. Und er hatte sogar verstehen gelernt, dass die Einsamkeit unter Gleichen, die für einen Augenblick, ein halbes Jahr frei gewählte Einsamkeit, geradezu erstrebenswert sein konnte, eine Quelle froher Botschaften, während doch die Einsamkeit in der Diaspora, die verordnete Einsamkeit, für gewöhnlich schlechte Nachricht war. Da war alles seltsam, von den blitzsauberen Wänden bis zum geizigen Himmel, vom einfachen Guten-Tag-Sagen bis zum luxuriösen Konsumangebot, von der Pracht, die selbst die Armut entfaltete, bis zu der Pracht der Busen im Fernsehprogramm.

Die Zimmer in billigen Pensionen, die Betten für eine Nacht, das Frühstück am Tresen, die nächtlichen Spaziergänge, die Soll- und Haben-Posten in seinem Notizbüchlein, mit denen er ausrechnete, wieviel ihm noch blieb, die Telefone, die in heruntergekommener wie in teurer Umgebung unmässig schrillten (»Ruf mich auf jeden Fall an, wenn du da bist«), waren nur Verzierungen dieser Einsamkeit, nur schmückendes Beiwerk, niemals Lösung. Deshalb löste sich, wenn doch endlich einmal jemand auftauchte, der eine Tür öffnete und dazu einlud, Vertrauen zu haben, wenn ein Gesicht erschien, das im Bedrängten die Spuren noch grösserer Bedrängnis entdeckte, die schlichte Verzweiflung wie die Häute von einer Zwiebel. Es stimmte aber, dass ihn keine dieser Entdeckungen und nicht einmal alle zusammengenommen dazu gebracht hatten, sein Heimweh zu vergessen. Wie ein Schiffbrüchiger, der sich vorübergehend hat retten können, sandte er Signale für seine Rückkehr aus. Und es war eines dieser Signale, auf das schliesslich die ersehnte Antwort folgte, das Schlüsselwort. Immer schon war es ihm schwergefallen, die gedemütigte, ausgelaugte Heimat als gelobtes Land zu sehen. Wappen, Fahne und Hymne, unzeitgemässe Riten, Herausforderungen anderer Zeitalter, was konnten sie schliesslich bedeuten, wenn sie von den jungen Leuten, die in den Verliesen schmachteten, genauso benutzt wurden wie von den Gaunern, die ihre Henker waren.
Und doch: Die Heimat wurde für ihn zu einem Puzzle, von dem er hier ein Gesicht fand, das zu einer Strassenecke passte, dort einen Kometen, der seinen Schweif suchte. Die Heimat entstand für ihn ohne Fahne, Hymne und Wappen, eher wie ein langer Stammbaum, eine Schachpartie oder ein altes, schwer zu entzifferndes Buch. Und so verwandelte sich die Sehnsucht in Geruch, Gefühl, Geschmack, und erst danach in Hören und Sehen. Er spürte das Bedürfnis, den alten Salpetergeruch zu riechen, die Handflächen auf die Platte seines Tisches aus Eiche zu legen, in einen reifen Pfirsich zu beissen. Und so wusste er, als sich ihm eine, wenn auch nicht ungefährliche, Gelegenheit bot, sofort, dass er sie auch nutzen würde.
Die Operation war gar nicht so kompliziert. Er musste nur den Ozean überqueren, ein Weilchen im Nachbarland aushalten und die Leute suchen, die ihn an eine bestimmte Stelle der

Grenze bringen würden. Die Anweisung lautete, zu Fuss hinüberzugehen, nur mit einem Rucksack. Auf der anderen Seite würde niemand auf ihn warten, er sollte einfach weitergehen. Allerdings hatten er einen Kompass, eine Landkarte der Gegend, und war ausstaffiert wie ein Hippie oder Globetrotter. Und so geschah es. Der Jeep der Freunde hatte ihn zwei Kilometer vor der unsichtbaren Grenzlinie abgesetzt. Unterwegs auf die andere Seite traf er niemanden. Mehrere Stunden ging er querfeldein, mit der Sonne auf der Stirn, die daran gewöhnt war, eingeschlossen zu sein. Auf der anderen Seite der Grenze waren die ersten Neuigkeiten ein erstaunt dreinblickender Hase, eine Schlange, die sich vorsichtig entfernte, zwei umherstreunende Skorpione. Und eine von Zeit zu Zeit auffrischende Brise, die das Gras und die Zweige bog.

Er wusste, dass er noch viele Stunden Marsch vor sich hatte, und am nächsten Tag noch mehr, und so beschloss er, als die Sonne hinter dem Horizont versank, sich gleichfalls ins verschwiegene Gebüsch zu schlagen. Er fand einen Baum, der ihm freundlich gesinnt zu sein schien und entschied sich, die Nacht in seinem unbewegten Schutz zu verbringen. Er fragte sich nicht einmal, was für ein Baum es wohl sei, denn immerhin war er ja ein Stadttier und fand das auch gut so. Doch es war kalt. Willig lernte er, dass es draussen auf dem Land kalt wird. Schnell hatte er seinen Rucksack in einen Schlafsack verwandelt. Zum ersten Mal schlüpfte er in diese Art von Mini-Heim, genoss es, wie ihm die Wärme die Beine hochkroch, und diesmal schlief er tief und fest, trotz der nahen Stille und fernen Ruhe, und ohne sich um Viecher und Kälte zu kümmern.

Da träumte er mit Genuss und in besonders klaren Farben. Dass er sich endlich seinem alten Haus in der Stadt näherte, doch kam vor ihm ein Krankenwagen dort an, und er blieb abwartend auf der gegenüberliegenden Strassenseite stehen. Aus dem Haus wurde auf einer Bahre ein Körper herausgetragen, jemand, der mit einer dunklen Decke zugedeckt war, bei dem es sich jedoch ohne Zweifel um ihn selbst handelte. Erst als der Krankenwagen abgefahren war, entschloss er sich, die Strasse zu überqueren, steckte den Schlüssel in das gleiche alte Schloss, die Tür öffnete sich, ohne zu quietschen, und er erwachte ganz plötzlich.

Er erwachte in einen strahlenden, frischen Morgen, Vögel und Insekten umschwirrten ihn, und die Zweige hoch oben wiegten sich im Wind und liessen von Zeit zu Zeit ein Stück Himmel sehen. Er erwachte in einen Tag, an dem er sich besonders lebendig fühlte. Nie hatte er sich allzuviel aus Träumen gemacht, ob eigene oder fremde, doch beschloss er in diesem Augenblick, dass jenes leblose Paket, das in seinem Traum der Krankenwagen abgeholt hatte, der abgeschlossene Teil seines Lebens war, sein angstvolles, schmerzendes Ich. Er sah sich mit solch ursprünglicher Neugierde um, dass ihm fast schwindlig wurde, und holte aus tiefster Lunge Luft, als wolle er beginnen, von Null an zu zählen. Sicher, es erstaunte ihn ein wenig, dass er keinen einzigen Hahn krähen hörte, doch war dies nur das erste Vorurteil, dem er entsagen musste. Genauso überraschte ihn, dass dieses Waldesleben, das er sich so oft in feindlichen, abstrakten Vorstellungen ausgemalt hatte, hier plötzlich so konkret und angenehm war. Er gähnte andächtig, ohne Lärm zu machen, und zog langsam die Beine aus dem Schlafsack. Plötzlich bemerkte er, dass zu seiner linken das Kraut sich wie ein weiches Bett ausbreitete. Da warf er sich, frei und ohne Zeugen, ausser einem schwarzen Vogel, der von einem Ast ganz hoch oben herunteräugte, quer über diese grüne Heimat und steckte den Kopf ins Blätterlager. Als es endlich wieder den Kopf hob, dieses verstockte Stadttier, sah es, dass die Blätter vor ihm feucht waren. Das muss der Tau sein, dachte er, immer noch mit seinen Klischees, seinen abstrakten Vorstellungen im Kopf. Um sich zu überzeugen, beschloss er, mit der Zunge über die paar Tropfen zu fahren. Ein paar salzige Tropfen. Es war kein Tau.

Stationen

Die gute Finsternis

Eine nackte Frau in der Dunkelheit
verbreitet einen Schimmer der Zuversicht gibt
so dass wenn alles erlischt
oder wenn Trostlosigkeit eintritt
es gut ist und sogar unentbehrlich
eine nackte Frau bei sich zu haben

Dann verfärben sich die Wände
die Zimmerdecke verwandelt sich in einen Himmel,
die Spinnweben zittern in der Ecke,
die Kalender sind sonntäglich
und die glücklichen katzenhaften Augen
schauen und werden nicht müde zu schauen

eine nackte Frau in der Dunkelheit
eine begehrte oder zu begehrende Frau
sperrt für einmal den Tod aus

Auf den Feldern der Zeit

> *Wir werden gehen, ich, deine Augen und ich, während du ruhst,*
> *unter den glatten, leeren Augenlidern,*
> *werden wir gehen, Brücken zu jagen, Brücken wie Hasen,*
> *auf den Feldern der Zeit, die wir durchleben.*
> Pedro Salinas

1.

Ihren Namen hatte ich schon gehört, aber das erste Mal sah ich sie, kurz bevor ich den Dampfer bestieg. Meine Eltern und meine Schwestern begleiteten mich, um mich zu verabschieden, und sie waren gerührt, nicht, weil ich für eine Woche zu meinen Verwandten nach Buenos Aires fuhr, sondern weil ich mit meinen sechzehn Jahren zum ersten Mal allein »ins Ausland« reiste.
Sie stand ebenfalls am Anleger, mit anderen Leuten, ich glaube, es waren ihre Mutter und ihre Grossmutter. Da sagte meine Mutter leise zu meiner ältesten Schwester: »Wie schön die Tochter von Eugenia Carrasco geworden ist. Wenn man bedenkt, dass sie vor zwei Jahren noch eine richtige Göre war.« Mama hatte recht: Ich wusste zwar nicht, wie die Tochter von Eugenia zwei Jahre zuvor ausgesehen hatte, jetzt auf jeden Fall war sie eine umwerfende Schönheit. Schlank, das rötliche Haar im Nacken in einen Knoten geschlungen, mit sehr feinen Zügen, die mir fast durchsichtig schienen, und im ersten Moment führte ich diesen Eindruck auf den Nebel zurück. Später konnte ich dann feststellen, dass sie tatsächlich so war, mit oder ohne Nebel.
Genau wie ich reiste sie allein. Wenig später, als das Schiff schon in Bewegung war, trafen wir uns auf einem der Gänge,

und sie schaute mich an, als erkenne sie mich. Sie sagte: »Du bist doch der Sohn von Clara?«, genau im gleichen Moment, als ich fragte: »Du bist doch die Tochter von Eugenia?«. Wir schämten uns wegen dieses Duetts, aber es war auf jeden Fall angenehm, in ein erlösendes Lachen auszubrechen. Ich bemerkte, dass sie, wenn sie lachte, wie ein Lausbub aussah, der harmlos wirken will, oder umgekehrt.
Ich machte sofort kehrt, um mit ihr zu gehen. Ich dachte daran, ihr vorzuschlagen, gemeinsam zu Abend zu essen und probte schon im Geiste den entsprechenden Satz, als wir am Speisesaal vorbeikamen, da sagte ich es ihr einfach.
»Schau her, ich habe auch genug Geld.«
Es gefiel mir, dass sie gleich einverstanden war, ohne erst in die Ausreden und Absagen zu flüchten, die von den Dreissigjährigen immer gebraucht werden.
»Du, wir sind aber noch was anderes als der Sohn von Clara und die Tochter von Eugenia, findest du nicht auch? Ich heisse Celina.«
»Und ich Leonel.«
Der Kellner im Speisesaal hielt uns für Geschwister.
»Ein richtiges Abenteuer«, sagte sie. Ich wollte schon »inzestuöses Abenteuer« sagen, dachte dann aber, dass das doch noch ein bisschen früh wäre. Da sagte sie »inzestuöses Abenteuer«, und ich konnte ein Rotwerden nicht unterdrücken. Sie auch nicht, aber eher aus Mitgefühl, da bin ich mir sicher.
Sie fragte mich, ob ich wüsste, woran sie denke. Wie sollte ich das wissen?
»Na, ich denke daran, was für ein Gesicht meine Grossmutter aufsetzen würde, wenn sie wüsste, dass ich mit einem Jungen zu Abend esse.«
Welche Wonne: Der Junge war ich. Und der Kellner fragte mich, ob ich das Tagesmenue wolle. Aber natürlich. Und ob mein Schwesterlein das auch wolle. Und natürlich wollte sie, klar, »irgendwie sind wir unzertrennlich«.
Der Kellner ging, und ich sagte: »Schön wär's«.
»Schön wär was?« Ich merkte, dass ich sie verwirrt hatte.
»Schön wär's, wenn wir unzertrennlich wären.«
Sie musste meinen, dass das so etwas wie eine Liebeserklärung war. Und das war es ja auch.

Als wir die Spargelcrème fast gegessen hatten, fragte sie mich, warum ich das gesagt hätte, und sie war ernst und wahnsinnig schön dabei. Ich war nicht wahnsinnig schön, aber ernst, als mir einfiel, dass es die beste Anwort wäre, zwischen Besteck und Gläsern nach ihrer Hand zu greifen, aber da sagte sie:
»Oh, nein, denk dran, dass wir Geschwister sind.«
Man muss bedenken, welche Schwierigkeiten damals, 1937, junge Leute bei den ersten Schritten in der Liebe hatten. Es war, als ob uns alle, die Mütter, Tanten, Patentanten, Grossmütter, mit einem Wort: die Jahrhunderte zusähen. Und so sagte ich ihr schliesslich, die Hände ruhig, aber verkrampft, dass ich ihr das gesagt hätte, weil sie mir gefiele, weiter nichts. Sie antwortete:
»Es gefällt mir, wie du sagst, dass ich dir gefalle.«
Ach, und mir gefiel natürlich, dass es ihr gefiel, wie ich ihr sagte, dass sie mir gefiel. Ja, ja, ich weiss, ganz schön albern. Aber uns kam es unheimlich geistreich vor, wie Sätze, die man in Sammlungen berühmter Zitate findet.
Als wir beim Steak waren, sagte sie, dass sie sich bisher noch nie verliebt habe, aber wer weiss.
»Ich bin ja auch erst fünfzehn Jahre alt!«
Und ich war sechzehn. Aber wer weiss. Und sie liess ihr Lächeln erblühen. Damit verglichen war das Lächeln der Gioconda eine klägliche Grimasse. Ich muss erwähnen, dass sie trotz ihrer durchsichtigen Züge einen Bärenhunger hatte. Vom Steak blieb kein bisschen übrig. Ich liess wenigstens eine Kartoffel auf dem Teller, nur damit der Kellner nicht dachte, dass wir völlig ausgehungert seien.
Beim Nachtisch erzählten wir uns unser Leben. In ihrer Klasse gab es welche, die sie nicht so gern mochten, weil sie immer die besten Noten in Mathematik bekam.
»Ich finde Mathe auch Klasse«, rief ich begeistert und glaubte es mir fast selber, aber es war nur ein frommer Wunsch, denn ich hasste die Mathematik, und bis heute hält sich mein Widerwillen. Ihre Eltern hatten sich getrennt, aber sie kam gut damit zurecht.
»Es war viel schlimmer, als sie noch zusammen waren und sich den ganzen Tag zankten.«
Ich bedauerte zutiefst, dass meine Eltern nicht geschieden wa-

ren, sondern sogar froh waren, zusammen zu sein. Ich bedauerte es, weil wir sonst eine weitere Gemeinsamkeit gehabt hätten, aber um ehrlich zu sein, traute ich mich nicht, so grosse Geschichtsfälschung zu betreiben.

»Leonel, du solltest es nicht bedauern, es ist viel besser, dass sie eine gute Beziehung haben, dann kümmern sie sich weniger um dich. Wenn sie sich dauernd streiten, haben sie eine entsetzliche Laune und lassen ihren Ärger an einem aus.«

Wir tranken Kaffee, der aufgewärmt und nahezu ungeniessbar war, der uns aber immerhin die Müdigkeit vertrieb. Wenigstens verspürten weder sie noch ich grosse Lust, in unsere jeweiligen Kabinen zu gehen. Celina teilte die ihre mit zwei alten Damen; ich die meine mit drei Fussballspielern. Die Nacht war wunderschön. Der Nebel hatte aufgehört, und die Milchstrasse bot einen bewegenden Anblick. Eine Weile schauten wir aufs Wasser, das sich unaufhörlich am Schiff brach, aber dann wurde es kalt, und wir beschlossen, nach drinnen zu gehen und uns auf ein riesiges Sofa zu setzen, das da stand. Sie zog sich ein Jäckchen an, denn sie zitterte schon vor Kälte, und ich legte ihr meinen Arm um die Schultern, um sie ein wenig zu wärmen. Das Rauschen des Wassers, die salzige Luft, die uns einhüllte, die verwaisten Gänge: All dies liess eine Atmosphäre entstehen, dass ich mir wie im Kino vorkam. Als wären wir die Darsteller in einem Film, das Hauptpaar.

Wir schwiegen vielleicht eine halbe Stunde lang, aber unsere Körper erzählten sich Geschichten, machten Pläne, wollten sich nicht voneinander lösen. Als sie ihren Kopf auf meine Schulter legte, stammelte ich: »Celina«. Sie bewegte leicht ihr rotes Haar wie zum Gruss, ohne mich dabei anzusehen. Und viel später, als ich schon dachte, sie schliefe, sagte sie leise: »Aber wer weiss.«

2.

Das zweite Mal sah ich sie erst sieben Jahre später. Ich war allein in Montevideo zurückgeblieben. Die ganze Familie hatte sich nach Paysandú aufgemacht, zu meinen Tanten und Onkeln. Ich konnte sie nicht begleiten, denn ich hatte zu studieren

aufgehört und arbeitete in einem Importgeschäft. Der Geschäftsführer war ein unerträglicher Engländer; es war völlig unmöglich, dass ich eine Woche Urlaub bekam. Das Leitmotiv seines ganzen verdammten Lebens waren Autoersatzteile, die wichtigste Abteilung des Geschäftes. Mit fast wollüstigem Genuss redete er von Kolben, Bolzen, Ein- und Auslassventilen, Simmerringen, Bremsbelägen, Zündkerzen usw. Ich gebe zu, dass er ab und zu auch über Golf sprach, und samstags erschien er mit seinen geheiligten Schlägern, denn mittags, wenn wir schlossen, fuhr er mit seinem Sohn nach Punta Carretas in den Club, um sich die Zeit zu vertreiben.
Er war recht mittelmässig, eher einfältig und dennoch autoritär, und strahlte eine endgültige Bitterkeit aus, die auch den Sohn einschloss, der sehr dünn war, und komischerweise Gordon hiess, was im Spanischen »Dickerchen« bedeutet. Ich sah den Alten nur Witze machen und gekünstelt lachen, wenn alle drei Monate der Generaldirektor kam, ein untersetzter, stiernackiger Ami, der allerdings nichts Einfältiges an sich hatte, der weder Golf spielte noch allzu viel von Bolzen und Bremsbelägen verstand, der das Geschäft wie ein Bluthund kontrollierte und im Grunde den knickrigen, wenig ehrgeizigen Engländer tief verachtete. Ich gebe zu, dass ich diese Unterschiede erst jetzt, mit etlichen Jahren Abstand, richtig wahrnehme, damals differenzierte ich kaum: Ich hasste beide mit gleicher Inbrunst.
Meine Arbeit war vielfältig. Ich verkaufte am Tresen Zubehör, bediente die Kasse, verglich die Rechnungen mit der entsprechenden Ware (es waren Unregelmässigkeiten bei den Kolben vorgekommen), und in den freien Minuten, oder in Überstunden, rief mich der Geschäftsführer zu sich, um mir Briefe zu diktieren, die ich stenografieren musste. Acht, neun Stunden auf diese Weise verbracht, ermüdeten, ja, betäubten mich. Es war wirklich nicht gerade eine prachtvolle Arbeit.
An jenem Nachmittag stand ich am Tresen und mass ein paar Bolzen nach, die ein Mechaniker haben wollte, als plötzlich Stille eintrat. Das passierte immer dann, wenn eine junge Frau das Geschäft betrat, was selten genug vorkam. Unser Angebot war für weibliche Kundschaft nicht gerade attraktiv. Ausser Ersatzteilen für Autos verkauften wir Linoleum, Aussen-

bordmotoren und Werkzeugkästen, und zwei, drei Mal pro Jahr trat eine Dame ein, um sich nach den Preisen in einer dieser Sparten zu erkundigen, wobei sie immer klarstellte, dass es sich um ein Geschenk oder eine Besorgung für jemand anders handelte.

Ich kümmerte mich weiter um meine Bolzen, wobei ich mit dem Mechaniker stritt, der Stein und Bein schwor, dass sie nicht in einen Ford V 8 passten, wie ich behauptete. Ich konnte ihn schliesslich mit unwiderlegbaren Argumenten überzeugen, und er bezahlte zerknirscht seine Rechnung. Ich hob den Blick, und Celina stand vor mir. Zunächst erkannte ich sie gar nicht. Sie hatte sich zu einer erstklassigen jungen Dame entwickelt. Sie war nicht mehr durchsichtig, sondern strahlte eine Sicherheit und ein Flair aus, die beeindruckend waren. Und sie war nicht nur hübsch, sie war wunderschön. Die Hände voller Maschinenöl von den Bolzen, konnte ich meine Verblüffung kaum verbergen.

»Aber Leonel, was machst du zwischen dem ganzen Eisen?«

Es kam mir fast vor wie eine Kränkung meiner Berufsehre. Für sie war all das teure Zubehör, das dem Unternehmen einträgliche Gewinne verschaffte, nichts weiter als Eisen.

»Und du? Willst du etwas kaufen?«

Nein, sie hatte ganz einfach gehört, dass ich hier arbeitete und wollte mir Hallo sagen. Wo war sie seit damals geblieben? Ich hatte nie wieder von ihr gehört. Sogar die Frauen in meiner Familie hatten ihre Spur verloren.

»Ich bin in den USA gewesen, und ich lebe immer noch dort, aber das ist eine lange Geschichte, lass sie mich nicht hier erzählen.«

Auf keinen Fall, schon gar nicht jetzt, wo der Engländer begonnen hatte, mit auf dem Rücken verschränkten Händen um uns herumzulaufen, ich kannte dieses Vorspiel. So verabredeten wir uns für den Abend. Wo? Bei mir zu Hause, bei ihr, in einem Café, egal wo.

»Es geht nur heute, weisst du. Morgen reise ich wieder ab.«

Anstatt die Beine zu bewundern, die da davonstöckelten, beäugte mich der Geschäftsführer mit seiner verächtlichen, kolonialistischen Strenge. Ich zog es vor, die Nase in einen Kasten mit Unterlagsscheiben zu stecken.

Sie kam zu mir nach Hause, und ich hatte nicht einmal genügend Zeit gehabt, ihr zu sagen, dass ich allein war. Heute glaube ich, dass ich es ihr vielleicht auch nicht gesagt hätte, wenn ich Zeit gehabt hätte. Eigentlich wollten wir einen Schluck zusammen trinken und dann essen gehen, doch als sie hereinkam, umarmte sie mich derart herzlich, so voll von unausgesprochenen Botschaften, dass wir einfach dablieben, auf einem Sofa, das ein wenig an dasjenige auf dem Schiff erinnerte, nur legte sie mir jetzt nicht den Kopf auf die Schulter, und sie zitterte auch nicht, sondern erschien unnahbar, selbstsicher, unerreichbar.

Nach sieben Jahren ohne Kontakt mussten wir uns wieder unser ganzes Leben erzählen. Ja, ihre Familie hatte sie in die Vereinigten Staaten geschickt. Sie studierte dort Psychologie, wollte ihr Examen machen und dann zurückkehren. Nein, es gefiel ihr dort nicht besonders. Sie hatte kluge, grosszügige, unterhaltsame Freunde, aber das Verhalten der Nordamerikaner kam ihr irgendwie unecht vor, wie ein doppelbödiges Spiel, ob es nun um Freundschaften, um Sexualität, oder um Geschäfte ging. Ein Erbe des Puritanismus vielleicht. Wir alle haben eine mehr oder weniger normale Dosis von Scheinheiligkeit, aber sie hatte nie zuvor gewusst, dass das ein nationales Merkmal sein konnte.

Sie konnte sich nicht damit abfinden, dass ich Autozubehör verkaufte.

»Mach ich das denn nicht gut?«

»Natürlich machst du das gut, ich habe doch gesehen, wie du den verstockten Mechaniker überzeugt hast. Man sieht, dass du ein Fachmann für Eisenwaren bist. Aber ich bin mir sicher, dass du noch mehr kannst. Hat dir nicht Mathematik besonders gut gefallen?«

»Ganz und gar nicht. An jenem Abend habe ich das nur gesagt, damit wir etwas Gemeinsames hatten. Ich bin mir aber sicher, dass ich irgendwann schon auf den Geschmack gekommen wäre, wenn du bei mir geblieben wärest, aber du bist verschwunden, und morgen gehst du wieder fort.«

Sie geht wieder fort — ich konnte es nicht glauben. Zum ersten Mal wurde mir klar, wie hilflos ich war, zum ersten Mal sagte ich mir, und sagte es ihr, dass ich mit ihr zusammen alles sein würde, ohne sie nichts. Sie antwortete, dass auch sie ohne mich nichts sein würde, aber dass man das Schicksal nicht zwingen könne.

»Sieh doch nur, wie wir auseinandergegangen sind, und es hat uns wieder vereint. Wer weiss, was kommen wird? Vielleicht heirate ich, vielleicht heiratest auch du. Man darf sich keine Versprechungen machen, Versprechungen sind entsetzliche Fesseln, und wenn man sich festgehalten fühlt, will man sich befreien, und das ist fatal.«

Es war schön, ihr zuzuhören, aber noch schöner, sie so nah zu spüren. In jenem Augenblick schien es mir, als ob auch sie doppelbödig war, allerdings ohne scheinheilig zu sein. Das heisst, während sie alle diese Argumente über die Offenheit der Zukunft entwickelte, sagten mir ihre Augen, dass ich sie umarmen solle, dass ich sie küssen solle, dass ich endlich mit den grundlegenden Handlungen unseres Verlangens beginnen möge. Und wie konnte ich ihr verweigern, was diese sanften Augen unmissverständlich forderten. Ich umarmte sie, küsste sie. Ihre Lippen waren eine langersehnte Liebkosung, wie hatte ich so lange ohne sie leben können. Dann hielten wir inne und schauten uns an, und wir waren uns einig, dass der Moment gekommen war. Aber als meine Hand sich ihrem Ausschnitt näherte und die Bewegung machte, die uns das Paradies öffnen sollte, in eben jenem Augenblick hörten wir, wie sich unten in der Tür der Schlüssel drehte.

»Meine Eltern«, sagte ich, »sie wollten eigentlich erst morgen zurück sein.«

Es waren nicht meine Eltern, sondern meine grosse Schwester.

»Hallo, Martha, was ist los?«

Mutter ging es schlecht, deshalb war sie gekommen, um mich zu holen. Ich fragte, ob es etwas Ernstes sei, und sie sagte, wahrscheinlich ja, Vater sei bei ihr im Sanatorium.

»Pardon, durch den Schreck habe ich ganz vergessen, dich Celina Carrasco vorzustellen. Das hier ist meine Schwester Martha.«

»Ach, ich wusste gar nicht, dass ihr euch kennt. Bist du nicht im Ausland gewesen?«

»Ja, sie lebt in den USA, morgen fährt sie zurück.«

»Also gut«, sagte Celina ganz natürlich, »ich wollte gerade ge-

hen, ich muss noch Koffer packen, ihr wisst, wie das ist. Hoffentlich hat deine Mutter nichts Ernstes.«
»Danke, und gute Reise«, sagte Martha.

3.

Das Schicksal war dieses Mal ziemlich träge, denn die nächste Gelegenheit ergab sich erst 1965. Inzwischen arbeitete ich nicht mehr inmitten von Eisen. Einige Monate nach Mutters Tod rief mich Vater zu sich und verkündete mir mit feierlichem Ernst, dass er beschlossen habe, sein Geld und die paar wenigen Besitztümer in vier Teile zu teilen; er selbst wollte einen davon behalten, die anderen drei waren für mich und meine beiden Schwestern. Ich ereiferte mich, versuchte, ihn zu überzeugen: dass er immer noch recht jung sei, dass er das Geld vielleicht irgendwann brauchen würde, dass wir unsere eigenen Einkünfte hätten usw., aber er bestand darauf. Ihm reiche die Rente völlig aus, während wir das Geld dazu nehmen könnten, eine gute Idee zu verwirklichen. Und dass es in meinem speziellen Fall nun genug sei mit dem Verkaufen von Ventilen und Bremsbelägen. Und dass gegen den väterlichen Willen kein Widerspruch gestattet sei.
Und so geschah es. Martha suchte sich eine Geschäftspartnerin und eröffnete eine Boutique in der Calle Mercedes; meine weniger ehrgeizige jüngere Schwester Adela kaufte mit ihrem Teil nur Wertpapiere. Und ich, ich sagte dem golfspielenden Geschäftsführer und seiner schlechten Laune fristlos Adieu und erfüllte mir einen alten Traum: Ich eröffnete eine Kunstgalerie. Ich gab ihr einen eindeutig künstlerischen Namen: Die Palette. Ein paar meiner Freunde waren enttäuscht von so wenig Phantasie, aber ich für mein Teil konnte meinen ein wenig selbstgefälligen Stolz kaum verhehlen, wenn ich die Calle Concepción herunterkam und von weitem das Schild sah.
Oh, etwas Wichtiges habe ich vergessen: 1950 hatte ich geheiratet. Ich glaube, dass ich den Entschluss dazu fasste, nachdem ich von einem uruguayischen Maler, der in New York lebte, erfahren hatte, dass Celina sich in den USA verheiratet hatte, mit einem venezolanischen Architekten. Meine Frau Norma

arbeitete als Bankangestellte, und abends schauspielerte sie in einer kleinen Theatergruppe. Sie hatte ein paar schöne Rollen und machte ihre Sache gut. Ich ging immer zu den Premieren, und sie kam dafür in die ›Palette‹, wenn eine Ausstellung eröffnet wurde. Aber ich muss sagen, dass wir uns recht wenig sahen.

Einmal musste Norma (ich glaube, es war in dem Stück eines italienischen Autors) nackt hinter einem Wandschirm auftreten, der zwar nicht durchsichtig, aber durchscheinend war. Anders gesagt, man sah nichts, aber sah doch alles. Bei der Premiere fühlte ich mich lächerlich, und zwar aus zwei Gründen: Einmal, weil ein vollbesetzter Theatersaal in meiner Gegenwart den hübschen Körper meiner Frau zur Kenntnis nahm, ihm applaudierte. Ausserdem: Wenn wir zivilisiert waren, durfte es nicht sein, dass ich mich schlecht fühlte, und trotzdem fühlte ich mich schlecht. Folglich war ich ein Produkt der Barbarei. Nach dieser Selbstkritik liess ich mich scheiden.

Leider konnte ich jedoch Celina diese Geschichte nicht erzählen, denn sie kam zur Vernissage der Retrospektive von Evaristo Dávila in die »Palette«, aber in Begleitung ihres venezolanischen Architekten, der sich zu allem Überfluss auch noch ausserordentlich für die Malerei interessierte und mich nicht nur ein »Verkauft«-Schildchen unter zwei hübsche Aquarelle von Dávila stellen liess (sie waren billiger als die Ölgemälde), sondern mir auch wieder und wieder versprach, vor seiner Rückfahrt nach Los Angeles noch einmal in der Galerie vorbeizukommen, und das alles, »weil beim gegenwärtigen Spielstand Gemälde die beste Investition sind.«

Celina bedrängte mich mit Fragen. Sie wusste, dass ich geheiratet hatte, aber als sie mich nach meiner Frau fragte (»Ich habe gehört, dass sie sehr attraktiv ist, habt ihr Kinder, was macht sie, sie heisst Norma, nicht wahr?«), blieb ihr der Mund offenstehen, als ich ihr erzählte, dass wir geschieden waren. Mit knapper Not fasste sie sich, zu allem Überfluss runzelte der Architekt auch noch die Stirn, und ihr blieb nichts anderes übrig, als sich in Komplimente über die Galerie zu flüchten.

»Na siehst du, wie recht ich hatte? Welch ein Verbrechen, dass du in jenem entsetzlichen Geschäft begraben warst, mit dem unangenehmen Geschäftsführer. Ich hörte, dass deine Mutter

starb, aber es wird doch nicht gerade die Nacht gewesen sein, als deine Schwester kam?«
Doch, es war genau jene Nacht gewesen.
Ich sagte mir, dass sie immer noch sehr attraktiv war, aber dass sie doch etwas, wenn auch nicht allzuviel, von ihrer Frische verloren hatte, und das zeigte sich vor allem in ihrem Lachen, das nicht mehr halb unschuldig, halb spitzbübisch, sondern eher gesellig war. All das sagte ich mir, ihr jedoch versicherte ich, dass sie prächtig aussehe. Es schien mir so, als ob sich die Mundwinkel des Architekten zu einem ironischen Lächeln verzögen, aber das war vielleicht ein falscher Eindruck. Sie lebten noch in den USA und wollten gerade nach San Francisco umziehen.
»Es ist die einzige nordamerikanische Stadt, in der ich es aushalte, wahrscheinlich, weil es dort richtige Cafés gibt, nicht nur Cafeterías, und du kannst stundenlang am Fenster sitzen, Zeitung lesen und nur einen einzigen Espresso trinken.«
Zum Glück traf der Architekt einen alten Freund wieder, die Umarmung war herzlich und das gegenseitige Schulterklopfen war die Einleitung zu einem Gespräch unter vier Augen, bei dem sie sich offensichtlich auf den neuesten Stand brachten. Ich nutzte die Gelegenheit, ihr in die Augen zu sehen und ihr eine Frage zu stellen, die sie augenscheinlich durch ihre überschäumende Laune zu verhindern versucht hatte:
»Wie geht es dir wirklich?«
Eine Sekunde lang schloss sie die Augen, und als sie sie wieder öffnete, war sie die Celina von früher, nur ein bisschen verblühter.
»Schlecht«, sagte sie nur.

4.

Zum verabredeten Zeitpunkt, wann genau, weiss ich nicht mehr, kamen die Menschen gleichzeitig aus den Seitenstrassen, aus parkierten Autos, aus Läden, aus Büros, aus Aufzügen, aus Cafés, aus Galerien, aus der Vergangenheit, aus der Geschichte, aus dem Zorn heraus. Schon vor zwei Wochen hatten die Gewerkschaften als Antwort auf den Militärputsch die

Massnahme angewandt, die für diesen besonderen Fall vorgesehen war: Generalstreik.

Während ich mit den Tausenden von anderen durch die Avenida Dieciocho de Julio schritt, kam es mir vor, als ob alles ein Traum sei. Es war alles so schwindelerregend, so voller Gemeinsamkeit gewesen. Und die Menschen bewegten sich wie im Traum, fast schwerelos und trotzdem kraftvoll. Jeder war sich der Gefahr bewusst, aber auch, dass er an einem mutigen, gemeinsamen Impuls teilhatte, einer gemeinsamen, keuchenden Kraftanstrengung. Mir war, als ob ich deutlich hörbar, provokativ, mit meinen Lungen und denen der anderen atmete. Niemals, weder vor noch nach jenem 9. Juli 1973 habe ich ein solches Gefühl verspürt, ein so klares, unwiderstehliches Gefühl davon, wohin ich ging und wohin ich gehörte. Wir sahen uns an, und wir brauchten uns nichts zu sagen: Es war uns allen gleich zumute. Wir fühlten uns betrogen, aber gleichzeitig waren wir stolz, die Betrüger entdeckt und deutlich benannt zu haben. Wir hielten uns für unverwundbar, so unbewaffnet und wehrlos, wie wir da einherschritten, ohne den geringsten Zweifel, dass wir uns dieser Wahnsinnigen entledigen würden, die auf uns zielten, die uns verachteten, die uns fürchteten, uns bedrängten, uns verurteilten. Und je mehr die Spannung wuchs, je schneller der Schritt der Männer und Frauen, der Jungen und Mädchen wurde, umso greifbarer erschien uns der Wirbelsturm der Freiheit.

Ich erinnere mich, dass auf den Balkonen viele Menschen standen, als ob wir die Teilnehmer einer Anti-Militärparade wären. Und plötzlich fiel mir wieder ein: Einmal hatte ich selbst auf einem solchen Balkon gestanden, als der General de Gaulle kam, in einem entsetzlichen Regenschauer, tropfend und aufrecht wie der Obelisk auf der Place de la Concorde. Und ich erinnerte mich daran, wie die Avenida gebrodelt hatte, als damals, 1958, die uruguayische Fussball-Nationalmannschaft im Finale von Marcaná gegen alle Voraussagen die brasilianische Elf geschlagen hatte. Und noch früher, als während des zweiten Weltkrieges Paris zurückerobert wurde. Immer hatten sich die Massen durch die Avenida ergossen.

Genau wie jetzt auch. Man traf einen Freund oder einen Nachbarn und berührte sich nur leicht, mehr brauchte es nicht. Man durfte sich bloss nicht ablenken lassen, nicht eine Kleinigkeit übersehen. Man traf auch mit Unbekannten zusammen, und von jenem Zusammentreffen an waren es Bekannte, dieses Gesicht würde man zwar nicht für alle Ewigkeit im Gedächtnis behalten, natürlich nicht, aber zumindest bis in die Nacht, denn unsere Netzhäute waren wie Archive, wir wollten diese geballte schöpferische Kraft ganz aufnehmen, sie in handelnde Menschen aus Fleisch und Blut verwandeln. Und daran war nichts Theoretisches, nichts Abstraktes. Die zusammengepressten Lippen waren voller Bewusstsein, waren sehr real; das Lächeln des Nächsten knapp und von Gewissheit erfüllt. Die Strasse, mit ihren Schaufenstern und Balkonen, schritt unaufhaltsam voran. Die Strasse gab mit beunruhigender Stille ihrem ureigensten Willen Ausdruck, ihrer unbezwingbaren Würde. Die Arbeiter, die selten ins Stadtzentrum kommen, weil die Fabrik sie, betäubt vor Müdigkeit, in ihre Häuser zurücktreibt, besahen sich mit unverhohlener Neugier jene Welt der Büroangestellten, Verkäufer, Kassiererinnen, die sich heute kraftvoll mit ihnen verbündeten. Es herrschte keine offene Wut, kein Zorn, nur eine tiefe Überzeugung, fern von allem, was geplant war. Überzeugungen lassen sich nicht organisieren; sie erleuchten, öffnen einfach Wege. Sie verbreiten sich wie ein Gerücht, aber ein wahres Gerücht, das wie ein Beben von der Erde aufsteigt.

Und genau so wie ein Gerücht, wie ein Murmeln, das in Wellen aufbrandet, war plötzlich die Nationalhymne zu hören, durcheinander zwar, aber inbrünstig und bewegend wie nie zuvor. Während einige das »Heldenhaft werden wir bestehen« sangen, waren andere, langsamere oder genauere, noch bei »Stimme, die die Seele erhebt«. Aber erst beim »Tyrannen erzittert«, an der Stelle also, wo der Gegner direkt angeschrien wird, sah ich sie, kaum zehn Meter von mir entfernt, sie sang auch wie eine Besessene. Und dieses vierte Mal, dass ich sie sah, verspürte ich, ausser der verständlichen Erschütterung, eine gewisse Bitterkeit, die kaum fassbare Ahnung einer Verwirrung, den Verdacht, dass ich mich nicht nur fern von ihrem Leben gehalten hatte, wie auch immer dieses gewesen war, sondern fern von ihrer Welt, und fern auch von ihrer Schönheit, die noch mit fünfzig Jahren (im Oktober würde sie einundfünfzig werden) verführerisch blieb; fern von ihren Neuigkeiten, ihrem Alltag, ihren Gedanken, fern auch von diesem donnernden Enthusiasmus, der uns einbezog, denn wir waren ja nicht gemeinsam dorthin gelangt, sondern jeder für sich, mit seinen eigenen Niederlagen und Bindungen. Über eins hatte ich jedoch keinen Zweifel: Sie war die einzige Frau, die mir je etwas bedeutet hatte, die mir etwas bedeutete. Vor ein paar Monaten, als ich die »Palette« verkauft hatte und auf dem Cordon ein Antiquariat eröffnete (diesmal überzeugten mich meine Freunde, dass ich es »der kleine Himmel« nennen sollte, und nicht »Rand und Band«, wie ich vorgehabt hatte), hatte mir ein Kunde nebenbei erzählt, dass der Architekt Trejo und seine Frau daran dächten, aus San Francisco nach Montevideo zurückzukehren. Und das in diesen Zeiten. Ich liess ein paar Wochen verstreichen, und als ich mich schliesslich auf ihre Spur machte, kam der Putsch, und nicht nur dieses Vorhaben, alle Vorhaben mussten auf unbestimmte Zeit verschoben werden. Das ganze Land musste auf unbestimmte Zeit verschoben werden.

Und jetzt war sie da. Ich sah sie und verlor sie gleich wieder aus den Augen. Von Zeit zu Zeit sah ich ihren blauen Mantel oder ihr rotes Haar, das jetzt nicht mehr so rot war. Aber dann entglitt sie mir wieder. Und so schritt ich voran und versuchte, möglichst niemanden mit dem Ellenbogen zu stossen, denn in jener Menge gab es keine Feinde. Aber auch sie, die mich nicht wahrgenommen hatte, bewegte sich, und zwar nicht in meine Richtung. Und dann plötzlich ein warnendes Raunen, das anwuchs, und Schreie und Laufen und Menschen, die stolperten und hinfielen, denn die Unterdrückung hatte angefangen, es fielen Schüsse, man hörte ein Krachen, dann der Rauch und die Schlagstöcke, und ich, ich wollte zu ihr, lief zu ihr hin, aber der Abstand wuchs von Minute zu Minute, und schon fiel die Meute über uns her und wir mussten die Flucht ergreifen, Tyrannen erzittert, vielleicht war das Zittern dieses Krachen, und alles lief wie in einem Traum ab, nur dass die Uniformen nicht schwerelos waren, und der Traum hatte sich in einen Alptraum verwandelt.

5.

Das fünfte Mal war im Atocha-Bahnhof, kurz bevor wir in den Nachtzug nach Andalusien stiegen, eines Sonntags im Oktober 1981. Ich lebte seit fünf Jahren in Madrid, es war die dritte Etappe meines Exils. Zwei Tage nach jenem unauslöschlichen 9. Juli waren sie zu Norma, meiner Ex-Frau, nach Hause gekommen, um mich abzuholen; sie hatte so viel Geistesgegenwart, zu behaupten, dass sie, obwohl wir getrennt seien, den Eindruck hätte, dass ich mich im Ausland aufhielte. Wo? »Keine Ahnung, er reist immer viel und sagt mir, so wie unsere Beziehung zur Zeit aussieht, natürlich nicht, wohin.« Welch gute Schauspielerin, Gottseidank. Und ich, sesshaft von Geburt an, musste mich schnell und heimlich davonstehlen. Aber bevor ich die Grenze überquerte und mich drei, vier Tage im Hause von Freunden versteckt hielt, konnte ich herausbekommen, dass Celina festgenommen worden war, und ihr Sohn auch. Ich hörte, dass der Architekt einen Riesenschrecken bekommen hätte, und dass es ein doppelter Schrecken gewesen sei.
Zunächst ging ich nach Porto Alegre, dann nach Paris, und schliesslich nach Madrid, wo es mir nicht leicht fiel, Arbeit zu finden. Sechs Monate lang lebte ich von dem wenigen, das mir meine Schwestern schickten, aber diese Unterstützung bereitete mir — ich weiss, dass es mit meinem männlichen Chauvinismus zu tun hatte — ein fast physisches Unbehagen. Ich kam mir vor wie der Gigolo meiner eigenen Schwestern, und das war für einen fortschrittlichen Kleinbürger wie mich schon ein ziemlicher Skandal. Glücklicherweise machte mich ein vorzüglicher mexikanischer Künstler, den ich vor längerer Zeit kennengelernt hatte, als er in der »Palette« seine Lithografien ausgestellt hatte, mit der Inhaberin einer prächtigen Galerie im Stadtviertel Salamanca bekannt, erzählte ihr in den überschwenglichsten Worten von meinen Kenntnissen der Branche, und so fing ich schliesslich dort zu arbeiten an; die Eigentümerin, eine sturmerprobte Norwegerin, die sehr in Ordnung war, glaubte zwar kein Wort der Lobeshymne, aber zeigte sich geneigt, mir unter die Arme zu greifen. Im Laufe der Zeit war sie davon überzeugt, dass ich ihr nützlich sein konnte, und begann, mich in die Provinz zu schicken, um junge Talente auf-

zuspüren. Ich muss sagen, dass ich tatsächlich einige entdeckte, und Doña Sigrid, wie ich sie nannte, fasste langsam Vertrauen.

Dieses Mal erfuhr ich schnell von Celinas Anwesenheit in Madrid. Drei Jahre lang war sie im Gefängnis gewesen, man beschuldigte sie, der »Subversion« als internationale Kurierin gedient zu haben. Sie hatten sie schlecht behandelt, aber nicht so schlecht wie andere Frauen, fast alle viel jünger als sie, die ihnen in jenen entsetzlichen Tagen in die Hände fielen. Zum einen sorgten ihr Alter (als man sie verhaftete, war sie 52, als sie freigelassen wurde 55) und ihr würdevolles und selbstsicheres Verhalten, das unweigerlich eine Distanz zu jenen allmächtigen Idioten herstellte, zum anderen ihre Verbindungen zu diplomatischen und politischen Kreisen dafür, dass ihr die Militärs eine gewisse Achtung entgegenbrachten, auch wenn dies immer mit etwas verbunden blieb, das für sie ein Rätsel darstellte: Wie konnte eine so distinguierte Dame aus gutem Hause, mit untadeligem Aussehen und feinsten Manieren ihre gute Position, ihre Freiheit und sogar ihre Ehe aufs Spiel setzen, nur um eine so verrückte, unverantwortliche, und in ihren Augen kriminelle Aufgabe zu übernehmen? Weil sie im Grunde nett zu ihr sein wollten (ohne freilich Schwierigkeiten bekommen oder ihre Schulterstücke verlieren zu wollen), bastelten sie sich eine für sie plausibel scheinende Erklärung: Der Sohn sei bis zum Hals in konspirative Handlungen verstrickt gewesen, und sie habe ihm nur helfen wollen. Als die Motivation erst einmal eine mütterliche Färbung bekam, und folglich familiär, abendländisch und christlich aussah, waren sie gleich bereit, ihre eigene Toleranz zu tolerieren. Es ist zwar zu erwähnen, dass ein Unteroffizier während eines besonders harten Verhörs angesichts der stolzen Haltung der Internierten die Ruhe verlor und sie mehrmals ohrfeigte, wodurch sie zu einer geplatzten Lippe und zu einem blauen Auge kam, aber es muss auch hinzugefügt werden, dass der Hitzkopf bestraft wurde. Bei all dem (das erfuhr ich nach und nach von gemeinsamen Freunden) fühlte sich Celina immer noch wie eine Privilegierte, denn sie teilte später die Zelle mit Frauen, die buchstäblich kaputt gemacht worden waren. Was ihren Sohn betraf, so konnten sie ihm nur einen geringen Teil der Pyramide von Beschuldigungen bewei-

sen, aber ihn folterten sie doch mit Freude, und er verbrachte vier Monate im Militärhospital. Er sass seine fünfjährige Strafe ab und wurde dann des Landes verwiesen. Jetzt lebte er mit seiner Frau in Göteborg.
Für Celina waren diese Jahre entscheidend. Das Gefängnis hatte ihr Leben in zwei Teile zerschnitten, und die Freiheit erwartete sie mit einem ganzen Fächer von Problemen. Da war erst einmal ihre Ehe. Der Mangel an Beistand durch den Architekten (er war schon immer stark mit den multinationalen Gesellschaften verbunden gewesen) hatte eine eheliche Beziehung liquidiert, die schon zum Zeitpunkt der Verhaftung schwer angeschlagen gewesen war. Es gab sechs Monate endloser Auseinandersetzungen, und schliesslich entschloss sich Celina, eine Verbindung zu beenden, die nicht weniger als dreissig Jahre gewährt hatte. Als endlich alles entschieden war und sie gemeinsam zum Entschluss gelangt waren, die Scheidung einzureichen, sobald Trejo von einer kurzen Geschäftsreise in sein nordamerikanisches Paradies zurückkehrte, nahmen die Dinge schlagartig eine andere Wendung, als der Architekt auf dem Kennedy-Airport einen tödlichen Herzinfarkt erlitt, genau in dem Moment, als sein Flug ausgerufen wurde. Solange ihr Sohn im Gefängnis war, blieb Celina in Montevideo, obwohl ihr der Junge bei jedem Besuch sagte, sie solle weggehen: »Ich weiss, warum ich es dir sage. Geh fort, Mutter.« Aber sie packte ihre Koffer erst, als er aus Stockholm anrief und sagte, dass er gut angekommen sei.
Jetzt kam sie gerade von Schweden, wo sie einen Monat bei Sohn und Schwiegertochter verbracht hatte. Sie gedachte, zwei Monate in Spanien zu bleiben, und dann zu entscheiden. Ihre finanzielle Situation gab ihr eine gewisse Sicherheit, und obwohl sie oft ihrem Sohn unter die Arme griff, hatte sie keine sonderlichen Probleme.
Als ich sie endlich am Telefon hatte, rief sie »Leonel«, bevor ich ihr noch sagen konnte, wer ich war. Natürlich mussten wir uns sehen, aber ich erzählte ihr, dass ich am Sonntag mit dem Nachtzug nach Andalusien fahren müsse und schlug ihr vor, mich zu begleiten und so den Aufenthalt in Huelva und Malaga und Granada zu nutzen, um uns einmal mehr zu erzählen, wer wir waren. Nach zwanzig Sekunden des Schweigens, die mir

wie eine halbe Stunde vorkamen, sagte sie schliesslich ja. Ich wollte die Fahrkarten kaufen und die Einzelabteile reservieren, natürlich erster Klasse. Einverstanden? Einverstanden. Ich stellte sie mir vor, wie sie lächelte, und auch jetzt noch kam die Gioconda schlechter dabei weg.
Am Sonntag war ich eine halbe Stunde vor der verabredeten Zeit am Atocha-Bahnhof. Sie hingegen verspätete sich um zwanzig Minuten. Schon von weitem rief sie Verzeihung, Verzeihung, und sie sagte es noch in mein Ohr, als wir uns umarmten. Für Zärtlichkeiten war keine Zeit, und wir rannten fast zum Bahnsteig, und bis an dessen Ende, wo unser Wagen stand. Wir stiegen gerade zwei Minuten vor Abfahrt des Zuges ein. Ein sehr freundlicher Mann brachte uns zu unseren beiden Einzelabteilen, vielleicht ein bisschen verwundert darüber, dass wir kein Doppelabteil hatten.
Wir verstauten das Gepäck und unsere Mäntel, und endlich hatten wir Zeit, uns anzusehen.
»Im März werde ich Grossmutter«, war das erste, was sie zu mir sagte. Fast wie eine Warnung.
»Oh, ich nicht. Um dieser schrecklichen Gefahr aus dem Wege zu gehen, habe ich gar nicht erst Kinder gehabt ...«
Wieder sahen wir uns an, aber indirekt, durch das Zugfensterglas.
»Leonel: Meinst du, dass wir nun endlich Ruhe haben?«
»Meine Liebe, das war dein erster Irrtum: Ich bin überhaupt nicht ruhig.« Ich ergriff ihre Hand und führte sie zu jenem Uhrwerk, das man Herz nennt. Dem meinigen selbstverständlich.
»Schwindler, das kommt doch vom Laufen, in deinem Alter. Keine infarktmotivierten Erpressungsmanöver, bitte.«
Meine Ernüchterung muss deutlich sichtbar gewesen sein, denn sie nahm die Hand vom Chronometer und fuhr mir damit durchs Haar.
»Ich möchte eine offizielle Stellungnahme abgeben«, sagte sie, »ich bin zu dem Schluss gekommen, dass ich dich liebe.«
»Wann war das?«
»Im Gefängnis. Eines Abends habe ich ein paar Mal meinen Kopf gegen die Wand gehauen. Weil ich so dumm gewesen bin. Seit eh und je habe ich dich geliebt.«

»Aber warum bist du dann weggegangen, in die USA, und hast geheiratet und all diese schrecklichen Sachen?«
»Ich könnte dich genauso fragen, warum du geblieben bist und dich zwischen dem ganzen Eisen versteckt hast, und warum deine Schwester plötzlich gekommen ist und du geheiratet hast und dich dann wieder scheiden liessest und all diese schrecklichen Sachen.«
Ja, es stimmte. Irgendwann würde auch ich mit dem Kopf gegen die Wand rennen müssen.
Wir gingen in den Speisewagen, um zu Abend zu essen, aber es gab weder Spargelcrème noch Schnitzel, und wir mussten uns mit Schinken aus York und Forelle an Mandelsauce begnügen.
»Hast du nicht das Gefühl, dass wir das Leben zum Fenster hinausgeworfen haben?«
»Es hat auch gute Seiten gehabt. Aber wenn du unser Leben meinst, unser gemeinsames Leben, da gebe ich dir recht, wir haben es nicht genutzt.«
Ich streckte die Hand aus, zwischen Gläsern und Besteck, wie auf dem Dampfboot, und jetzt liess sie es zu:
»Hier sind wir keine Geschwister mehr.«
Mir kam es vor, als belebten sich alle Sätze, die wir von 1937 an bis heute gesprochen hatten — alles in allem waren es auch nicht so viele. Und ich zitierte einen weiteren Satz:
»Wir sind auch nicht unzertrennlich.«
»Findest du nicht? Immerhin kommen wir immer wieder zusammen.«
Der Kellner kam, brachte Teller und räumte sie wieder ab, Wein, Mineralwasser, Dessert, Kaffee, und es beschämte uns nicht, dass er Zeuge war, wie wir uns ansahen, und nicht einfach so, sondern wie verzaubert.
Wir zahlten, gingen in unseren Wagen zurück, und blieben noch ein Weilchen im Gang, wo wir den Lichtern zusahen, die näherkamen und vorbeiflogen. Ich legte ihr den Arm um die Schultern, und sie neigte ihren Kopf zu mir. Wie vom Zauber umfangen, begannen sich unsere Körper Geschichten zu erzählen, Pläne zu machen. Sie wollten sich nicht voneinander lösen.
»Morgen im Hotel können wir vielleicht ein Doppelzimmer nehmen«, sagte ich. »Vielleicht.«

Plötzlich drückte sie mir den Arm, ohne etwas zu sagen, und ging in ihr Abteil. Ich blieb noch ein wenig auf dem Gang, dann ging auch ich in das meine. Ich zog mich aus, streifte mir den Schlafanzug über, putzte mir die Zähne, trank noch ein Glas Wasser. Ohne besondere Überzeugung holte ich die Erzählungen von Salinger aus dem Koffer, die ich lesen wollte. Aber bevor ich mich hinlegte, klopfte ich noch leicht mit den Knöcheln an die Doppeltür, die unsere beiden Abteile trennte.
Auch von der anderen Seite liess sich ein Klopfen hören, und dann noch mehr. Der Riegel der Tür auf der anderen Seite bewegte sich hart, entschlossen. Ich schob den auf meiner Seite zurück. Es war mir nie zuvor in den Sinn gekommen, dass man die beiden Abteile in ein einziges verwandeln kann, wenn die beiden Reisenden sich einig sind.
Celina. Jetzt ist sie nicht mehr rothaarig und auch nicht mehr ganz schlank, und sie hat keine durchsichtigen Züge mehr, die man im Nebel kaum ausmachen kann. Auch ich sehe anders aus, das weiss ich, ohne in den Spiegel der Wahrheit zu blikken. Ich weiss, dass da zwei Einschnitte Geheimratsecken ankündigen, die nicht einmal mehr besonders neu sind. Ich habe ein bisschen Bauch, das Haar auf meiner Brust ist weiss und die Hände tragen die unvermeidlichen Male der Zeit.
Sie knipst das Licht aus, aber von Zeit zu Zeit dringt der Schein eines Lichts durch die Streifen der Jalousie, und unsere Körper leuchten, mit den Schatten quer darüber, wie zwei Zebras, diese armen Tiere, die nie nackt sein können. Wir aber können nackt sein. Niemals zuvor haben wir unsere Nacktheit erlebt. Welche Entdeckung. Unsere langen Küsse, unsere verlangenden Zungen, das Haar unserer Körper findet sich endlich, fordert sich ungeduldig, fragt und antwortet sich.
Es ist ein wenig unbequem, sich in einem fahrenden Zug zu lieben, aber es wäre weit unbequemer, es nicht zu tun. Das Schnaufen des Zuges mischt sich mit dem unsrigen, ist wie das Wiegen eines Schiffes. Draussen lärmt der Wind, wie damals vor so vielen Jahren der Fluss, und es ist meine ganze Jugend, die errötend in die fünfzehn Jahre meiner einzigen Liebe eintaucht.

blätter des iz3w

informationszentrum dritte welt - iz3w

* seit zwanzig Jahren kontinuierliche Berichterstattung über die Länder der Dritten Welt, Entwicklungspolitik, Solibewegung, Kampagnen, Ausländerpolitik...

* Informationen über die Hintergründe und Zusammenhänge zwischen Politik hier und den Verhältnissen in der Dritten Welt

* Nachrichten zu Politik, Wirtschaft, Kultur, Rüstung...

* gemacht von einer unabhängigen Gruppe kritischer und engagierter Leute

erscheint acht mal im Jahr für DM 40,-
Einzelheft DM 5,- + 1,50 Porto
* ab 1.1.1990 DM 48,-/bzw. DM 6,-
Bezug:
iz3w, Postfach 5328, 7800 Freiburg

☐ Bitte schickt mir Eure Materialliste
☐ Ich bestelle die **blätter des iz3w**
   (acht Ausgaben/Jahr)
☐ im Abonnement
☐ als unverb. Probeabo von drei
   Ausgaben für DM 10,-
   ☐ in bar
   ☐ per Scheck

Name

Straße/Hausnummer

Postleitzahl/Wohnort

Datum/Unterschrift

Ich weiß, daß ich diese Bestellung innerhalb einer Woche widerrufen kann.

Datum/Unterschrift

Mario Benedetti im rotpunktverlag

Danke für das Feuer

Roman,
aus dem uruguayischen Spanisch übersetzt von Marie-Louise Nobs
224 Seiten, engl. Brosch., Fr. 24.80/DM 26.80, ISBN 3-85869-042-2

Zwar ist Benedettis Roman an der Oberfläche ein »Beziehungsroman« mit einem riesigen Geflecht von Beziehungen oder Abhängigkeiten. Denn eigentlich hängen alle Personen an den Fäden, die bei dem übermächtigen Vater Edmundo Budiño zusammenlaufen. Und an diesen Fäden hängen noch andere, ausserfamiliäre Personen: Gewerkschafter, Politiker, Journalisten, Schlägertypen und unzählige Angestellte. Erzählt wird die Geschichte aus der Perspektive des Konzernchef-Sohnes. Dieser hasst den Vater, der sein ganzes Volk und auch ihn selber um alles betrügt, und er hasst mit dem Vater auch dessen System. Doch ebenso verachtet er die Betrogenen (und auch sich selbst), weil sie sich betrügen lassen. Er beklagt die fehlende Solidarität der Ohnmächtigen und er ist selber ebenso unfähig zur Solidarität. Als einzigen Weg sieht er am Ende die einsame Tat: Ermordung des Vaters und Tyrannen.

Die Befürchtung, das Buch wirke als »kalter Kaffee«, wenn es 20 Jahre nach seinem Erscheinen in Uruguay ins Deutsche übersetzt wurde, ist gegenstandslos. Ein Roman, der was taugt, ist auch nach 20 Jahren (und nach über 50 Auflagen in Lateinamerika!) nicht veraltet – und dieser hier taugt.

Literatur und Revolution

Essays Lateinamerika
aus dem uruguayischen Spanisch übersetzt von Vilma Hinn
160 Seiten, franz. Brosch., Fr. 20.80/DM 23.50, ISBN 3-85869-033-3

Wenn Mario Benedetti sich auseinandersetzt mit Literatur, mit Dichtern, Intellektuellen und sonstigen Kulturschaffenden, ist es immer auch eine Auseinandersetzung mit sich selber: er prüft sein (unser) Verhältnis zur Revolution. Er fragt, ob wir sie im tiefsten Grunde für »möglich« halten. Also machbar. Das heisst: mehr als nur erstrebenswert. Eine Notwendigkeit.

Roque Dalton
Armer kleiner Dichter, der ich war

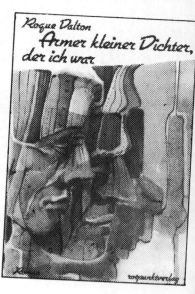

Roman, aus dem salvadorianischen Spanisch übersetzt von Silvia Pappe
512 Seiten, englische Broschur, Fr. / DM 38.–, ISBN 3-85869-034-1

«Ich bin auf dem Weg der Poesie zur Revolution gelangt», schrieb der salvadorianische Revolutionär und Dichter Roque Dalton. Diesen Weg der Poesie, der zur Revolution führt, beschreibt er in seinem stark autobiographischen Roman «Armer kleiner Dichter, der ich war». Eine ganze Reihe solcher «Dichterlein» kommt darin zu Wort; es ist eine Intelligenzia, die sich fast manisch an europäischen und nordamerikanischen Vorbildern und Denkmustern orientiert und von der Warte einer privilegierten Minderheit aus die eigene salvadorianische Realität zu beurteilen versucht. Doch das Buch ist nicht nur bloss eine Satire auf die freischwebenden bürgerlichen Intellektuellen, die sich an dichterischen Spielchen ergötzen.
Es ist auch die Erzählung einer fortschreitenden Bewusstwerdung, in deren Verlauf die reinen Sprachspielereien immer mehr in den Hintergrund treten und die Sicht auf die realen Konturen Zentralamerikas immer klarer wird. Es ist die mühevolle Annäherung an die eigene Realität durch das Dickicht eines fremden und entfremdeten Überbaus. Der Komplexität diese Unternehmens entsprechen die sprachlichen und darstellerischen Mittel – bei Roque Dalton nahezu unbegrenzt. Dalton war an vielen Orten zu Gast und hat viele Male Abschied genommen – dieses Buch ist der Abschied von dem zugleich geliebten und verachteten Dicherlein, das er war.
Als der Guerillero, der er auch war, wurde er 1975, ein Jahr vor der Originalveröffentlichung seines Buches, ermordet.

rotpunktverlag

Roque Dalton:
Däumlings verbotene Geschichten
224 Seiten, mit einem Nachwort von Willi Ebert, Fr. / DM 24.80, engl. Broschur, ISBN 3-85869-054-6

Als »Däumling Amerikas« hat die chilenische Dichterin Gabriela Mistral einst El Salvador bezeichnet. Roque Dalton erzählt in seinem Buch die *verbotenen* Geschichten dieses Däumlings. Prosa-Stücke, Auszüge aus alten Chroniken, aus Zeitungen, Gesetzestexten und anderen Dokumenten mischen sich mit Gedichten, Couplets, populären Sprüchen zu einer Art historischer Collage. Entstanden ist das Buch anfangs der 70er Jahre, zu einer Zeit also, da die sozialen und militärischen Auseinandersetzungen in El Salvador noch nicht die heutige Dimension und Intensität erreicht hatten. Diese Geschichten umfassen einen Zeitraum von der Eroberung Mittelamerikas (und Cuzcatláns, des heutigen El Salvadors) durch die Spanier bis zum sogenannten »Fussballkrieg« zwischen El Salvador und Honduras. Es sind Streiflichter aus der 400jährigen Geschichte eines kolonialisierten Landes: aus der »grossen« Politik ebenso wie aus dem Alltag, Geschichten von unten, vom Widerstand gegen Ausbeutung und Fremdbestimmung kontrastieren mit Selbstdarstellungen der Herrschenden. Dazwischen kommentiert der Dichter Roque Dalton (meist in Gedichtform) in der gleichen witzigen und ironischen Art, die wir schon aus seinem grossen Roman *»Armer kleiner Dichter, der ich war«* (rotpunktverlag 1986) kennen. Ein vielförmiges Panorama der salvadorianischen Geschichte, an dessen Horizont sich die revolutionären Kämpfe der Gegenwart abzeichnen und das den Hintergrund abgibt für ein besseres Verstehen der Aktualität.

René Depestre:
Der Schlaraffenbaum
Roman aus der Karibik, Vorwort von Al Imfeld
160 Seiten, Fr. 18.80, DM 19.80, ISBN 3-85869-041-4

»Nichts Lebendiges, nichts Warmes in der Nähe von Postel«, lautet die Weisung des staatlichen Amtes für die Elektrifizierung der Seelen; Postel von innen her abtöten und in einen gefügigen Körper verwandeln, einen Zombi, ungefährlich für Dr. Zookrate, den Obergeistlichen des Grossen Zacharianischen Reiches, den Präsidenten auf Lebenszeit eines kleinen Landes in der Karibik. Henri Postel, Senator, Volkstribun und Überlebender eines Blutbades unter seinen Genossen, stellt sich dem Kampf gegen die Diktatur auf ungewöhnliche Weise: Er wählt nicht die heimliche Flucht ins Exil, sondern hat die wahnwitzige Idee, sich in aller Öffentlichkeit für den Kletterwettbewerb einzuschreiben, der alljährlich zu Ehren der volksfeindlichen Diktatur stattfindet. Er wagt die Konfrontation, durchbricht das Schweigen und die Angst auf seiner Insel. Er gewinnt Freunde, Mitstreiter und die Liebe von Elisa, die ihm helfen, die magische Beschwörung zu bezwingen. Sein mühsamer Aufstieg auf den Baum wird zum Symbol für den schweren Weg seines Volkes in die Zukunft. Der Schlaraffenbaum ist eine Parabel auf das Leben unter einer Diktatur vom Typ »Duvalier«. Durch die poetische Bezugsetzung zum haitischen Volksglauben, dem Voudou, hat der Text einen stark exotischen Reiz. *René Depestre,* geboren 1926 in Jacmel auf Haiti, war Schüler Jacques Roumains und Kampfgefährte von Stefen Alexis. Teilnahme am revolutionären Aufstand der Jugend Haitis 1946, dann Exil; lebte einige Jahre in Kuba, heute, nach seiner Pensionierung als Unesco-Beamter in Südfrankreich. *Der Schlaraffenbaum* ist sein erster Roman, er hat auch Lyrik, Essays und Erzählungen veröffentlicht. 1988 erhielt er den Prix Renodot in Frankreich.